KB014894

미래를 구하러 온
초보인간

미래를 구하러 온 초보인간

1판 1쇄 발행 2022. 1. 17.
1판 2쇄 발행 2022. 2. 10.

지은이 강이슬

발행인 고세규
편집 구예원 디자인 조은아
발행처 김영사

등록 1979년 5월 17일 (제406-2003-036호)
주소 경기도 파주시 문발로 197(문발동) 우편번호 10881
전화 마케팅부 031)955-3100, 편집부 031)955-3200 | 팩스 031)955-3111

값은 뒤표지에 있습니다.

ISBN 978-89-349-4895-7 03810

홈페이지 www.gimmyoung.com   블로그 blog.naver.com/gybook
인스타그램 instagram.com/gimmyoung   이메일 bestbook@gimmyoung.com

좋은 독자가 좋은 책을 만듭니다.
김영사는 독자 여러분의 의견에 항상 귀 기울이고 있습니다.

이 책의 본문은 환경부 친환경 인증을 받은 재생지 그린Light를 사용하여 제작되었습니다.

초보 初步 (처음 초, 걸음 보)

: 처음 내딛는 걸음

당신의 용감한 첫걸음에
무한한 빠이팅을 전하며.
무사히 그리고 즐겁게
낯선 세계를 항해하시길.

차례

1장 ✸ 올챙이를 기억해

2장 ✸ 낯섦을 통과하는 용기

3장 ✱ 작은 시작에 큰 박수를

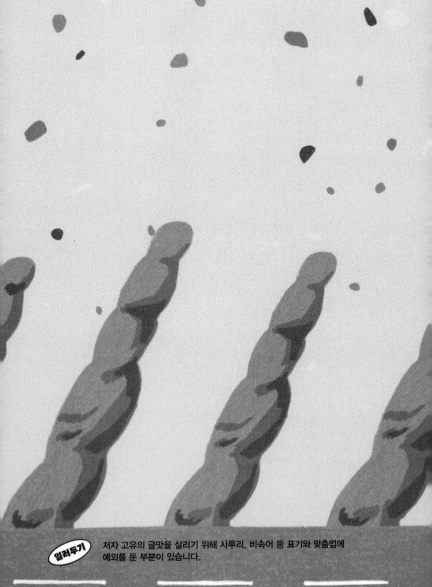

일러두기 저자 고유의 글맛을 살리기 위해 사투리, 비속어 등 표기와 맞춤법에
예외를 둔 부분이 있습니다.

✸

모든 개구리는 한때 올챙이였다

　나의 첫 번째 운전은 짓궂은 농담처럼 기분 나쁘게 우
스웠다. 심지어 날짜조차 4월 1일 만우절이어서 더 그랬
다. 운전면허학원 정문에 심긴 커다란 벚나무는 왕성한
봄기운을 견디지 못하고 이제 막 꽃봉오리를 터뜨리기 시
작한 참이었다. 장내는 샛노란 차들과 덜 노란 차들이 어
쨌거나 노란 무리를 이루고 있었다. 그 노골적인 노란빛
이 참으로 가증스러웠다. 전날 세 시간 동안의 학과 수업
에서 바퀴 달린 기계가 인생을 얼마나 처참하게 망가뜨릴
수 있는지 배웠기 때문이다. 노랑, 그것은 뻔뻔스러운 위
장이었다. '나는 안전해요' '나는 순해요' '나는 부드러워

요' '나는 귀여워요'라는 거짓 시그널을 뒤집어쓴 위험천만한 기계들. 나만은 너희들의 앙큼한 겉치장에 호락호락 속지 않으리라 마음을 단단히 먹었다.

"강이슬 씨!"

멀리서 50대 후반쯤 되어 보이는 남자가 아직 연기가 피어오르는 담배를 한 손에 끼우고 두리번거리며 내 이름을 부르고 있었다. 나는 쭈뼛쭈뼛 오른손을 들었다. 그는 마지막 담배 한 모금을 맛있게 빨고 꽁초를 탁탁 털었다. 핸드폰 시계가 59분에서 정각으로 바뀌는 찰나였다. 그는 날렵하게 각이 진 매우 까만 선글라스를 쓰고 있었는데 언뜻 영화 〈매트릭스〉의 소품 같기도 했다. 편의상 그를 '매트릭스'라고 칭하도록 하겠다.

매트릭스가 무표정한 얼굴로 나에게 걸어왔다. 오늘 두 시간 동안 운전을 가르쳐줄 선생님이었다.

매트릭스는 따라오라는 손짓을 한 뒤 앞서 걸었다. 낯선 학교에 막 발을 들인 전학생이 처음 본 담임의 뒤를 따라갈 때처럼 위축되고 겁먹은 모양새로 나는 종종걸음을 쳤다. 1, 2년만 더 있으면 노랑의 기운이 완전히 사라져버릴 것 같은 빛바랜 차 앞에 멈춰서 그는 물었다.

"운전해본 적 있어요?"

"아뇨, 난생처음이에요."

그는 고개를 끄덕이고는 운전석에 앉았다. 내가 조수석에 앉자마자 그는 빠르게 기본 조작법을 읊었다. 좌석을 알맞게 조정하는 방법, 시동 거는 방법, 기어 변속 방법, 와이퍼와 전조등 작동 방법 등을 들으며 이해하는 척 열심히 고개를 끄덕였지만 사실 머릿속은 온통 '미친! 조작해야 할 게 왜 이렇게 많아'라는 생각뿐이었다. 범퍼카 운전이랑 똑같다는 아빠 말만 믿고 전방 주시하고 핸들만 요리조리 꺾으면서 상황에 따라 브레이크만 잘 밟으면 된다고 생각했는데 고난이도 멀티태스킹이 따로 없었다.

설명을 마친 매트릭스가 내릴 채비를 하며 이제 자리를 바꾸자고 말했다. 화들짝 놀라 "벌써요?" 하고 물었더니 그는 별 해괴한 질문을 다 듣는다는 표정으로 운전 안 배울 거냐고 되물었다.

바짝 긴장한 상태로 운전석으로 자리를 옮겨 시트를 조정했다. 그가 아무 말도 하지 않길래 시동을 걸어야 하나 싶어 자동차 키로 손을 뻗는데 순간 불호령이 떨어졌다.

"그러면 실격!"

어리바리하게 그를 쳐다봤더니 그가 턱짓으로 안전벨트를 가리켰다. 나는 바보처럼 "아 맞다 맞다" 읊조리고는 허둥거리며 안전벨트를 맸다.

"이제 시동 켜보세요."

브레이크를 필요 이상으로 힘주어 밟고 자동차 키를 돌리려는데 그가 불필요한 말을 얹었다.

"살살 돌리면 안 걸릴 수도 있어요. 여자잖아. 여자들 잘 꼬집잖아요? 꼬집어본 적 있죠? 미운 사람 꼬집듯이 자동차 키를 세게 비틀어요."

50미터 앞에 있던 차가 느리게 후진해서 기어이 내 앞 범퍼를 박는다면 이런 기분이 들 것 같았다. 그러니까 어이없고 짜증이 났고 충격적이었다. 예시가 하필이면 너무 거지 같고 시대착오적이지 않냐고 한마디 하고 싶었는데 앞으로의 두 시간이 걱정되어서 비굴하게 꾹 참았다. 두 시간 학원비는 무려 20만 원에 육박했다. 들인 돈을 생각하자 욱했던 가슴이 차갑게 가라앉았다.

매트릭스의 입술을 꼬집어 비튼다는 생각으로 힘차게 자동차 키를 돌렸다. 과연 잘 걸렸다. 기본 조작법은 너무나 기본이어서 5분도 안 되어 익힐 수 있었다. 한숨 돌리려는데 그가 액셀을 밟으라고 했다.

"지금요?"

"괜찮아요. 그냥 살살 밟아봐. 지금 학생이 탄 차가 누~렇잖아요? 오래됐다는 뜻이거든. 어차피 빨리 나가지도 않아요. 살살 밟으면 돼."

"하지만 핸들 조작법을 하나도 모르는데요?"

"시작하면 딱 감이 와. 학생, 조카 유모차 몰아본 적 있어요?"

"아니요."

"조카 유모차 몬다고 생각해요. 유모차 몰기보다 더 쉬울걸?"

나는 속으로 '그런 적 없다니까요'를 다시 한번 외쳤다. 아무래도 '조카 유모차 몰듯'은 그의 레퍼토리인 듯했고 '그런 적 없는 학생을 만났을 때'의 변주 따윈 따로 생각해본 적 없는 것 같았다. 하여튼 나는 있지도 않은 어린 조카가 뒷좌석에 탔다고 상상하며 천천히 액셀을 밟았다. 고작 시속 5킬로미터였는데 그마저도 지나치게 빠르게 느껴져서 등에 식은땀이 줄줄 흘렀다.

그가 좌회전을 하라고 했다. 좌회전이 왼쪽으로 회전한다는 의미라는 걸, 그러니까 핸들을 왼쪽으로 꺾어야 한다는 걸 알고 있었지만 얼마큼 꺾어야 하는지는 알지 못했다. 매트릭스는 알려줄 의사가 없어 보였다. 나는 이를 꽉 깨물고 핸들을 왼쪽으로 감았다. 그가 급한 어조로 "그만"

을 세 번 외치고는 방금 전엔 너무 많이 감았다며 살살 감으라고 말했다. 그다음 좌회전을 할 때도 같은 지적을 받았다. 나는 울상이 되어 당최 얼마나 감아야 하는지 모르겠다고 말했다.

"감이 안 와요? 감대로 하면 돼. 핸들 감는 걸 어떻게 알려줘. 감대로 해야지, 이 사람아."

'운전을 해봤어야 감이라는 게 생기죠'라는 말은 피 같은 돈을 생각하며 속으로 삼켰다. 아무래도 매트릭스는 자신의 초보 시절 같은 건 싸그리 다 까먹은 게 분명했다.

어쨌거나 '조카 유모차 모는 것보다 더 쉽다'는 매트릭스의 말은 완전한 거짓말이었다. 조카 유모차를 이따위로 몰았으면 수갑을 찼을 것이다. 나는 시속 5킬로미터의 무법자가 따로 없었다. 중앙선도 침범하고, 연석도 올라타며 장내에서 할 수 있는 생쇼란 생쇼는 다 했다.

어느새 매트릭스는 언성을 높이기 시작하더니 나중에는 "강이슬 씨는 마음이 아주 삐뚤어졌나 봐요. 운전을 아주 삐뚤삐뚤 삐뚤삐뚤!"이라는 심한 소리도 했다. 슬슬 짜증이 났다. 누구는 못하고 싶어서 못하나. 20만 원이고 뭐고 이제는 더 이상 참을 수가 없었다. 나는 내가 잘못할 때마다 매트릭스보다 한 박자 빠르게, 그리고 더 심하게 역정을 내며 자신을 비하했다.

"아! 또 중앙선 밟았죠? 저는 진짜 갱생 불가 머저리인가 봐요!"

"저 같은 게 운전은 왜 한다고 했을까요? 이 똥대가리로 무슨 운전을 한다고 아흐!"

"강이슬! 이 멍청한 등신아 똑바로 좀 해!"(핸들 내려치기)

"선생님 답답하시죠…? 저는… 지금 그냥 확 죽고만 싶네요."(한숨 쉬며 천장 바라보기)

광분한 내 모습에 매트릭스는 잘못 걸렸구나 싶었는지 잘하고 있다는 거짓말로 나를 달래기 시작했지만 얼마 못가 내가 뭔 짓을 해도 그저 한숨만 폭폭 쉬며 입을 꾹 다물어버렸다.

T자 주차에서 매트릭스는 결국 나를 포기했다. 운전 학원 선생님을 하면서 나처럼 감 없는 사람은 처음 만나본다고 했다. 당최 다른 사람들은 어디서 감을 만들어 오는 건지 궁금했다. 악몽 같았던 두 시간의 운전 교육이 끝났다. 차에서 내리기 전 그는 나에게 유튜브는 보고 온 거냐고 물었다. 얼빠진 얼굴로 "무슨 유튜브요?" 하고 물었더니 그는 세상에서 제일 답답한 사람을 만나기라도 한 것처럼 과장스럽게 기함하며 "유튜브에서 얼마나 친절하고

자세하게 잘 알려주는데 그것도 안 보고 왔어? 오늘 집에 가서 꼭 보세요. 꼭!" 하고 힘주어 말했다. 왕복 세 시간 걸리는 학원까지 와서 유튜브를 보라는 소리를 듣는 것도 황당했지만 무엇보다 자신이 유튜브보다 덜 친절하고 덜 자세한 선생임을 당당하게 시인하는 매트릭스의 태도가 얼척이 없었다. 그는 차에서 내리며 수고했다고 말했고 나는 그의 서늘한 뒤통수에다 대고 감사하다고 인사했다. 거짓말이었다.

앞서가던 그는 흡연 구역에 당도하기도 전에 급하게 담배를 빼 물었다. 나도 담배 한 까치가 몹시 간절해서 주머니를 뒤졌으나 손에 잡히는 건 먼지뿐이었다. 아침에 급하게 나오느라 담배를 챙기지 못한 것이다. 염치 불고하고 그의 뒤를 쫓아가 담배 한 대를 빌렸다. 그는 선뜻 담배를 내어주며 불까지 붙여주었다. 이번엔 진심으로 감사하다고 말했다. 담배 한 모금에 마음이 좀 물렁해진 나는 두 시간 동안 미워했던 매트릭스에게 앞으로의 내 미래를 상담했다.

"저 운전하면 죽을까요?"

그는 하얀 담배 연기를 내뿜으며 하하하 웃었다.

"처음부터 잘하면 뭐 하러 비싼 돈 내고 학원에 오겠

어요."

나는 속 입술을 씹으며 "그죠…. 학원비가 괜히 비싼 게 아니겠죠"라는 제법 뼈 있는 발언을 했으나 곁눈질로 살펴 본 매트릭스는 아무것도 느끼지 못하는 것 같았다.

좁은 차 안에 두 시간이나 함께 있었음에도 단 1밀리미터도 가까워질 수 없었던 우리는 놀랍게도 담배 한 대를 태우는 짧은 시간 동안 서로의 고향과 가족관계까지 알게 되었다. 담배를 다 피울 때쯤 매트릭스가 말했다.

"하여튼 학생 너무 걱정 마(그는 어느새 완전히 말을 놓고 있었다). 내일도 온댔나? 두 시간 배우고 시험이지? 내일은 선생님이 더 잘 알려줄게!"

나는 밝은 얼굴로 대답했다.

"네. 오늘 너무 고생 많으셨습니다."

"조심히 가고, 내일 봐!"

꾸벅 인사를 하고 빠르게 로비로 가서 다음 날 수업을 예약했다. 선생님을 꼭 바꿔달라는 말을 잊지 않고 덧붙였다. 친해진 건 친해진 거고 아닌 건 아닌 거니까. 내일은 매트릭스보다 더 친절한, 이왕이면 자신의 초보 시절을 기억하는 선생님을 만나고 싶었다.

2주 완성 운전면허

인생은 체험판 없이 무조건 본전이라는 점이 나는 굉장히 억울하다. 어느 절대적 존재가 인간의 인생을 이렇게까지 가혹하게 프로그래밍해놔서 별수 없이 순응해야만 하는 게 우리네 운명이라면 같은 인간들끼리라도 좀 돕고 살면 안 되나?

그러니까 내 말은 운전면허학원에라도 체험판이 있다면 얼마나 좋을 것이냐 이 말이다. 일단 빛바랜 노란 차를 타고 느리게 장내를 돌아본 뒤 운전이 영 체질에 안 맞을 것 같은 사람은 학원비를 전액 환불받는 시스템이 있다면 얼마나 좋겠느냐 이 말이다. 그러면 운전면허학원 선생님들은 감 있는 학생들만 가르쳐서 직장 내 스트레스를 줄일 수 있고 감 없는 애들은 비싼 돈 내고 자존감과 자신감을 짓밟힐 일 없어 행복하고, 장롱에서 썩는 것이 유일한 업인 수많은 플라스틱 쓰레기도 줄이고! 이 얼마나 누이 좋고 매부 좋고 할머니 할아버지까지 두루두루 좋은 시스템이냐 이 말이다!

그래봤자 늦었다는 걸 알면서도 나는 운전을 배우기로 결심한 나의 선택을 거듭 후회했다. 생각해보면 내가 운전이라는 지옥 같은 세계의 문을 기어코 열게 된 건 다 이 망할 놈의 낙관 때문이었다. 만약 내가 조금만 덜 낙관적이고 덜 낙천적인 사람이었다면 절대로, 절대로 운전면허 딸 생각을 안 했을 것이다. 10년 동안 두려움과 걱정 때문에 미뤄왔던 운전면허증 따기에 기어코 도전한 이유는 20퍼센트의 조급함(남들 다 있는데 나만 없음에서 비롯됨)과 20퍼센트의 부채감(10년 동안 1월 1일마다 버킷리스트에 '운전면허 따기'를 적었음), 60퍼센트의 낙관(일단 따기만 하면 잘할 것 같았음) 때문이었다.

나는 원래 좀 무슨 일에든 정도를 모르고 낙관하느라 급발진하는 경향이 있다. 운전면허라고 다를 게 없었다. '슬슬 운전면허 딸 때가 된 것 같은데' 문득 스친 막연한

한 줄기의 생각은 장마철 잡초처럼 무섭게 커지고 부풀더니 구체적인 망상이 되어 머릿속을 지배했다.

아, 탱크만 한 SUV를 한 손으로 몰면서 해안도로를 달리는 내 모습은 얼마나 멋질 것인가! 아쉬운 굿나잇 통화를 마치자마자 애인의 집 앞에 불쑥 찾아가 차 키를 흔들어 보이며 "별 보러 갈래?"라고 말하는 내 모습은 또 얼마나 섹시하고 깜찍할 것인가!

운전면허만 있다면 만사가 오케이일 것 같았다. 그동안 복잡한 교통편 때문에 갈 수 없었던 지방 독립서점의 북토크도 얼마든지 갈 수 있을 것이고 휴가 때마다 운전 잘하는 친구의 눈치를 볼 필요도 없을 것이며 무엇보다 원하면 언제고 떠날 수 있을 것이다. 자동차는 나를 옭아맨 속박을 풀어내고 자유를 선물해줄 것이다!

거기까지 생각이 미치자 이제는 운전면허가 없는 나를 조금도 더 견딜 수가 없었다. 곧장 인터넷에 운전면허 학원을 검색했다. '2주 완성 운전면허!'라는 자극적인 광고 문구가 안 그래도 쾌속 질주 중인 낙관에 불을 지폈다. 브레이크가 고장 나버린 나는 2주 안에 운전면허를 따고 운전면허증을 발급받은 뒤 고향에 내려가서 중고차를 구입하고 혼자서 서울까지 차를 끌고 오겠다는 야망 가득한 계획을 세웠다. 운전을 해본 적도 없는 주제에 이런 생각까지 했다.

'이까짓 게 뭐라고 지금까지 미뤄온 거지?'

10년 동안 무서워서 미뤄온 운전이 이제는 세상에서 제일 시시한 일처럼 느껴졌다. 곧바로 운전면허 필기시험 일자를 잡았고, 필기시험에 합격한 다음 바로 운전면허 학원에 등록했다. 셔틀버스로 30분 거리에 있다고 광고했던 그 학원은 가는 데만 한 시간 이십 분이 걸렸다. '2주 완성'이라는 광고까지 과장일까 봐 내심 불안했다. 2주 후에 중고차를 구매해서 서울로 끌고 오는 원대한 계획에 차질이 생겨선 안 될 일이었다.

운전면허 학원 첫날엔 세 시간 동안 학과 수업을 받아야 했다. 세 시간이라니, 한 손으로 SUV를 몰며 해안도로를 달리는 찬란한 미래가 세 시간이나 유예됐다는 절망감에 시작도 전에 좀이 쑤셨다. 강의실엔 대여섯 명 정도가 띄엄띄엄 앉아 있었는데 하나같이 벌써부터 졸음을 참고 있는 표정이었다. 조용한 강의실 허공에 성인들의 잔잔한 권태감이 뽀얀 먼지와 뒤섞여 둥둥 떠다니는 것 같았다.

대충 구석에 자리를 잡고 얼마간 앉아 있으니 선생님이 들어왔다. 그는 세 시간 동안 집중해서 수업을 들으면 필기시험에 쉽게 합격할 거라고 말했다. 학원에 등록하기 전 발 빠르게 필기시험부터 치른 나는 더욱 의지를 잃었고 어떻게 하면 선생님 눈에 띄지 않고 딴짓을 할 수 있을지 잔머리를 굴렸다. 곧이어 강의실의 불이 꺼진 뒤 빔프로젝터가 켜졌다. 이제 와 생각해보면 프로젝터에서 나오던 빛은 앞으로 내게 펼쳐질 번뇌와 개고생을 향한 핀조명이었다.

어쨌든 결론부터 말하자면 세 시간 뒤 나는 하얗게 질린 얼굴로 로비에 앉아 심각하게 학원비 환불을 고민하고 있었다. 빔프로젝터에선 갖가지 사상 사고의 블랙박스 영상과 억울한 피해자의 호소, 뻔뻔한 가해자의 인터뷰가 끝도 없이 플레이되었다. 죄다 교통사고로 망하거나 죽어버리는 끔찍하고 생생한 영상물을 보는 동안 딴짓은커녕 긴장과 공포에 가슴이 짓눌려 숨 쉬기도 어려웠다. 영상 속에서 절망하는 사람들의 표정에 자꾸만 내 모습이 겹쳐 보였다.

세 시간짜리 학과 수업은 '운전을 하는 순간 너는 죽거나 죽일 것이다'라는 한 줄짜리 강렬한 메시지로 요약되어 머릿속에 박혔다. 나는 죽기 싫었고 누군가를 죽이기는 더더욱 싫었다. 이토록 위험하고 복잡한 기계를 다루

기엔 나는 너무나 평범한 사람이었다.

혹시 학과 수업의 목적은 잠재적 운전자를 최대한 소거하기 위함이 아닐까. 그렇지 않고서야… 그렇지 않고서야 이럴 순 없었다. 꿈꿔온 운전자로서의 핑크빛 미래가 순식간에 핏빛 절망으로 바뀌었다.

나에게 희망적인 말만을 늘어놓으며 운전면허 따기를 적극 추천했던 사람들의 얼굴이 떠오르면서 가슴에 뭉근한 분노와 원망이 차올랐다. 가장 먼저 생각나는 사람에게 전화를 걸었다. 몇 번의 신호음 끝에 상대방이 전화를 받았다.

"어~ 큰 딸랑구."

"아빠. 나 방금 운전면허 학원에서 수업 들었어."

"운전했어?"

"아니, 영상 수업만 세 시간 들었어. 그리고 나 학원비 환불받을 거야. 운전 안 해. 못 해."

"왜?"

"운전을 하면 죽을 거래. 죽지 않으면 죽일 거래. 난 망할 거야. 운전을 하는 순간 교도소나 관, 둘 중 하나에서 썩고 말 거야."

아빠는 내가 얼마나 진지한 줄도 모르고 그저 호탕하게

웃었다.

"웃지 마! 나 지금 진짜 진지해."

"야 잘 들었다 수업. 겁 없이 나대서 내심 불안했는디. 일단 운전대나 잡어봐. 다 경험인게."

"아니 아빠 죽는댔다니까? 죽음이 경험이야?"

"큰딸은 하이튼 오바가 너무 심해. 죽고자 하면 사는 법이여. 일단 면허나 따고 말해."

아무리 아빠라지만 우리는 어쩔 수 없는 남인 걸까. 아빠는 왜 금지옥엽처럼 키운 딸을 사지로 굳이 내몰려는 걸까. 사실 나는 금지옥엽이 아닌가? 아빠는 날 사랑하지 않나?

로비에는 나와 같이 학과 수업을 들은 사람들이 셔틀버스를 기다리고 있었다. 그들의 옆얼굴을 힐끔거렸다. 기가 막힐 정도로 초연한 표정이었다. 어쩌면 아빠 말대로 내가 괜스레 오바를 떨고 있는 걸지도 몰랐다. 고민이 길어질수록 나란 인간의 어쩔 수 없는 낙관 본능과 자기합리화가 힘을 얻기 시작했다. 그래, 일단 운전대를 잡아보면 뭔가 다를지도 모른다. 이론과 실전은 다르다는 걸 지금까지 살면서 질리도록 배우지 않았나. 때마침 셔틀버스 기사님이 내 이름을 외쳤다. 로비로 가서 약간 망설이

다가 모르겠다는 심정으로 다음 수업을 예약한 뒤 집으로 돌아가는 버스에 몸을 실었다. 덜컹거리는 셔틀버스 안에서 긴장 때문에 절로 허리가 곧추 세워졌다.

'그러니까 이렇게 위험한 도로를 달려야 한단 말이지….'

평소엔 아무 생각 없이 내다봤던 창밖의 도로가 극악무도한 난이도의 생존 시험대처럼 보였다. 위태로울 정도로 짐을 가득 실은 트럭 한 대가 내가 탄 셔틀버스 옆을 아슬아슬하게 지나가고 있었다.

학원 차에 몸을 실은 내가 초조한 얼굴로 바짝 긴장하고 있던 그때, 또 다른 평행우주에서 방금 막 첫 번째 기능 수업을 끝마친 강이슬은 학원 차를 따라 달리며 고래고래 악을 지르고 있었다.

"야! 내려! 돌아가서 학원비 환불해! 진짜 환불해 이 똥멍청이 새끼야! 제발 내 말 들어! 야!!!"

그 사실을 알 리가 없는 나는 이렇게 위험한 도로를 무사히 달릴 수 있을지도 모른다는 희망에 돈을 건 자신의 용기를 도박꾼의 심리와 동일시하며 "강이슬 진짜 못 말린다" 혼잣말을 읊조리고 도리질하며 엷게 웃었다.

✹

영원한 믿을 구석

스물아홉의 여름, 혼자서 10박 11일 동안 말레이시아로 배낭여행을 떠났다. 바다와 수영을 좋아해서 여정의 반 이상을 해변에서 보내는 코스로 짰다. 말레이시아의 여름 바다는 아름답고 한가롭고 뜨거웠다. 따뜻한 물 위에 둥둥 뜬 채로 맑은 하늘을 바라보며 나는 생각했다.

'이 아름다운 바닷물에 빠져 죽지 않아야 할 텐데.'

바닷물에 몸을 담그고 나서야 내 여행 코스에 거대한 오류가 있었음을 발견했다. 그건 내가 혼자서 바다 수영을 즐길 만큼 수영을 잘하지 못한다는 점이었다. 수영을 못하는 애가 어떻게 수영을 좋아한다고 착각할 수 있었을까.

매년 여름마다 친구나 가족과 물가로 여행을 갔다. 개헤엄이긴 했으나 튜브 없이 노는 걸 더 좋아했는데 그게 어쩌다 발이 닿지 않는 곳으로 쓸려 가더라도 손 닿는 위치에 나를 구해줄 누군가가 있었기 때문이라는 걸 그땐 몰랐다. 믿을 구석이 있었던 덕분에 물놀이를 온전한 놀이로서 즐길 수 있었던 걸 내 개헤엄 실력이 특출나서라고 단단히 착각하고 있었던 것이다.

자유를 기대했던 말레이시아에서의 나 홀로 해수욕은 죽음의 두려움을 견디며 벌벌 떠는 행위로 변질되었다. 믿고 의지할 구석이라곤 내 몸 하나뿐이었는데 스스로를 구할 능력이 내겐 없었다. 생존과 놀이 사이에서 줄타기하는 기분으로 조심조심 수영을 하다가도 오싹한 죽음의 감각 때문에 수시로 벌떡 일어나 바닥에 발이 닿는지를 확인했고 가슴께까지 물에 잠기면 "이러다 죽겠다" 혼잣말을 읊조리며 해변 쪽으로 서둘러 자리를 옮겼다.

나를 구할 수 없는 내 몸이 서글프면서도 내가 이렇게나 살고 싶어 하는 사람이라는 사실에 새삼 놀랐다. 평소엔 별 탈 없이 살아져서 몰랐을 뿐, 실은 삶에 굉장히 강한 애착을 갖고 있었다는 사실을 죽을 뻔(?)해서야 겨우 깨닫게 된 것이다.

그 후로 여러 번 그때가 떠올랐다. 수심이 깊어지면 부랴부랴 얕은 곳으로 헤엄치던 내 모습을 상상하면 애잔하고 초라했다. 혹시 다시 위험에 빠질지도 모르는 미래의 나를 구해주려면 지금의 나를 준비시켜야 했다. 수영을 배우기로 했다. 결심이 서자마자 집 근처 수영장 여러 곳을 검색해봤는데 도저히 내 스케줄에 맞는 단체반을 찾을 수가 없었다. 개인 레슨이라는 선택지가 있었지만 단체강습의 두세 배를 웃도는 가격 때문에 망설여졌다. 관둘까 싶었으나 말레이시아에서 느꼈던 죽음의 불안을 떠올리면 뒷덜미가 오싹했다.

깊은 바닷속에서 편안한 표정으로 유영할 수 있다면 얼마나 좋을까. 자유로울 것이 분명했다. 자유란 스스로를 믿는 자에게만 주어지는 대가가 아닐까. 자신을 믿는 기분은 싸구려일 수가 없다고 나를 달래며 자유와 더불어 훗날의 목숨까지 산다는 합리화로 다소 부담스러운 강습료를 지불했다.

나는 데스크에 여자 선생님을 배정해줄 것을 요청했다. 거의 벗은 것이나 마찬가지인 복장으로 하는 운동이고 게다가 일대일 레슨이라면 접촉이 불가피할 테니 이왕이면 동성의 선생님이 덜 민망할 것 같았다. 그러나 센터에 여

선생님은 한 명밖에 없었고, 그에게 수업을 받으려면 두 달이나 기다려야 했다. 하는 수 없이 남자 선생님께 수업을 받기로 했다.

내가 수영을 배울 거라고 했더니 체대를 졸업하고 수영장에서 강사 일을 했던 남자 동료 작가는 말했다.

"수영을 잘할수록 작은 빤쓰를 입어. 내 빤쓰는 손바닥만 한 삼각이었어."

수영 선생님을 만났을 때 나는 안도했다. 그가 전신 슈트를 입고 있었기 때문이다. 내 수영 선생님의 빤쓰도 손바닥만 한 삼각일까 봐 걱정이 이만저만 아니었는데 전신 슈트라니! 수영을 배우기도 전에 신뢰와 호감이 마구마구 쌓였다.

선생님과 간단한 인사를 한 뒤 몸을 풀 겸 레인을 천천히 걸었다. 그가 수영을 배우는 목적이 뭐냐고 물었다. 나는 발이 닿지 않는 곳에서도 자유롭게 수영하고 싶다고 말했다. 그는 두 달 안에 온갖 영법을 구사할 수 있도록 속성으로 수영을 가르쳐주겠다고 자신 있게 말했다. 내가 엄청난 몸치라는 사실을 꿈에도 몰라서 할 수 있는 말이라는 걸 알았기 때문에 앞으로 애먹을 선생님이 좀 안쓰러웠다.

수영은 리듬감과 유연성을 필요로 하는 운동이었고 혹시나 했지만 역시나 내 몸에 그런 능력 같은 건 없었다. 육지에서도 내 맘대로 안 움직이는 몸이 물속이라고 다를 리가 없으니까. 그래도 선생님은 칭찬에 후한 사람이었다. "코어가 좋으신 편이라…" "습득력이 빠르셔서…" "기본 근육이 있는 편이라…"로 시작되는 칭찬은 내가 빠른 시간 내에 수영 실력자가 될 거라는 확신으로 끝을 맺었다. 처음엔 이렇게 엉망진창인 몸짓을 보고도 덮어놓고 칭찬을 쏟아내는 선생님이 뭐랄까, 좀 약쟁이 같다는 생각이 들었는데 들으면 들을수록 그게 나를 위해서가 아닌 그가 강사로서의 자신감과 희망을 잃지 않기 위해 스스로에게 하는 말 같아서 나중에는 잠자코 고개를 끄덕였다.

나의 몸짓은 수영이라기보다는 보이지 않는 물귀신과 싸우는 듯한 참혹한 발버둥에 더 가까웠지만 그럼에도 수영은 즐거웠다. 이렇게나 못하는 걸 이렇게나 열심히 하느라 이렇게나 지치는 내 모습이 기특했다. 왠지 수영을 오래 배우게 될 것 같다는 예감이 들었다. 돌이켜보면 내가 오랫동안 지속한 운동에는 하나같이 자신을 구한다는 공통점이 있었다. 필라테스와 달리기는 무병장수의 희망을 주었고 주짓수는 괴한으로부터 나를 구해줄 거라는 믿음을 갖게 했다. 수영은 발이 닿지 않는 곳에서 내가 빠져 죽지 않도록 해줄 것이다.

나만큼이나 나를 믿고 싶어 하는 존재가, 나만큼이나 나를 살리고 싶어 하는 존재가 또 있을까. 없었으면 좋겠다. 그러니까 나보다 나를 더 사랑하는 사람이 없었으면 좋겠다는 말이다. 죽을 때까지 나는 나를 떠날 수 없으므로, 평생을 나랑 살아야 하는 나는 죽을 때까지 함께할 사람이 이왕이면 멋지고, 사랑스럽고, 든든했으면 좋겠다. 그래서 나의 꿈은 강이슬이 의지하고 기댈 수 있는, 강이슬의 영원한 믿을 구석이 되는 것이다.

평생을 놀래키고 놀라는 사이

출간은 어린 시절부터 다이어리 맨 앞장에 적어온 버킷리스트 중 하나였다. 내가 10대 때 적은 버킷리스트에는 출간 말고도 걸어서 세계 여행, 직접 지은 이층집에서 살기, 서울대 가기 등이 있었는데 그렇다고 내가 어릴 때부터 세계지도를 달달 외우거나, 책상머리에 '필승 서울대!'라는 문구를 적어놓거나, 매일매일 머리를 싸매고 글감을 고민한 건 아니다. 사실 그것들은 꼭 이루고 말겠다 혹은 이뤄야만 한다는 결연한 다짐이 뒤따르는 구체적인 미래 계획이라기보다는 "너 나중에 커서 뭐 되고 싶냐?"는 어른들의 질문에 맑은 얼굴로 하는 아이들의 대답, "저는 우주비행사가 될 거예요"처럼 막연하다는 단어를 갖다 붙이기에도 막연한, 순진해서 꿀 수 있었던 '꿈'이었다. 그래서 나는 아직도 내가 책을 두 권이나 냈다는 사실을 종종 잘 믿지 못하겠다. 죽기 전에 과연 할 수 있을까 생각했던 일을 나라는 게으르고 어설픈 애가 벌써 해버렸다니. 그것도 무려 두 번이나. 스스로를 신기해하다 보면 이런 생각이 든다. '이건 혹시 너무너무 달콤한, 그래서 오히려 잔인한 꿈이나 망상이 아닐까?'

가위에 눌릴 때 엄지발가락을 움직이는 것처럼, 쥐가 나면 코에 침을 바르는 것처럼 그런 생각이 들 때 나는 부모님께 첫 책을 선물했던 날을 떠올린다. 그러면 집 나갔던 현실감이 확 돌아오면서 더 이상 내가 책을 냈다는 사실을 의심하지 않게 된다. 부모님의 피드백은 출간과 관련된 가장 생생하고 자극적인 경험이기 때문이다.

첫 번째 책을 부모님께 드렸을 때, 부모님은 마치 그것이 그들 인생의 첫 번째 손주인 것처럼 조심스럽게 받아 들고 몹시 감격스러워했다. 울지도, 보채지도 않는 책을 어르고 달래는 양으로 품에 안고 어깨를 들썩이는 엄마 아빠를 바라보는 내 얼굴은 방금 해산을 마친 사람처럼 핼쑥하고 파리했는데, 기쁨보다 걱정이 더 앞서서였다. 엄마 아빠가 "수고했다" "대견하다" "우리 딸 효녀!" "네가 내 딸이라니!" 하며 칭찬들을 크레센도로 펼쳐놓을 동안 나는 짐짓 어른스러운 표정을 지었지만 속으로는 '이제 뒤졌다. 진짜 망했다. 영락없이 뒤졌다'를 랩 가사처럼 되뇌고 있었다. 당신들의 인생을 녹여 사랑과 희생으로 자신을 길러낸 부모님 앞에서 자신의 방종함을 초연한 태도로 낱낱이 아뢸 수 있는 자식은 세상에 별로 없을 것이다. 근데 나는 한술 더 떠서 나의 방종함, 방정맞음, 슬픔과 객기를 무려 239페이지에 집약해 부모님께 선물처럼 드린 것이다. 나는 부모님이 감동과 대견함을 좀 더 오래 만끽하길 진정 바랐다. 그래서 책을 못 읽게 했다.

"나 오랜만에 집에 왔으니까 책은 꼭 나 서울 간 다음에 봐. 알았지?"

나의 신신당부의 신신당부가 먹힌 덕분에 엄마 아빠는 내가 서울로 돌아간 후에 첫 장을 펼쳐보게 됐다.

부모님께 효도품인지 불효품인지 모를 책을 안겨드린 후 집을 떠난 지 며칠이 지났을까. 회사에서 일을 하고 있는데 엄마한테 전화가 왔다.

"어~ 엄마. 어쩐 일이야?"(우리 가족은 어지간히 급한 일 아니고서는 전화 거는 법이 없다.)

"너… 너…."

"응? 나 왜?"

"너 섹스했냐?"

나는 귀에서 휴대폰을 떼고 나에게 전화 건 사람이 정녕 우리 엄마가 맞는지 다시 한번 확인했다. 휴대폰 액정에 적힌 '울엄마'라는 세 글자를 확인하기까지 걸린 짧은 시간 동안 요즘 이런 식의 보이스 피싱 사례가 있었던가 생각했다. 당황스러웠으나 얼른 정신을 차리고 휴대폰 음량을 최대로 줄인 뒤 탕비실 구석으로 자리를 옮겼다.

"갑자기 뭔 소리야?"

"너 책에 쓴 거 말이야. 뒤치… 아이고 두야. 다 거짓말이지?"(첫 책에서 나는 제일 선호하는 체위가 뒤치기임을 밝혔고, 엄마는 차마 그 세 글자를 발음하지 못했다.)

물론 그 부분에서 엄마가 충격받을 거라는 건 예상했지만 뭐랄까, 결이 좀 달랐다. 나는 엄마가 '뭐가 자랑이라고 이렇게까지 자세히 써놓느냐'고 타박할 줄 알았지 내가 지금까지 남자랑 한 번도 안 잤을 거라고 믿고 있을 줄은 몰랐던 것이다. 엄마가 내일모레 서른인 나를 아직도 애처럼 생각한다는 사실이 좀 많이 황당했다. 첫 섹스는 기억이 나지 않을 만큼 오래전에 했는데 이제 와서 이게 무슨 일이람. 나는 너무 당황하고 황당한 나머지 상황을 심각하게 인지하지 못했고 기어이 해선 안 될 말을 했다. 그것도 경박한 웃음까지 얹어서.

"하하하 엄마 나 스물아홉이야. 백 번도 더 한 걸 가지고 이제 와서 무슨…."

"주여 아버지…."

엄마는 작게 탄식하더니 자신이 유리알같이 곱게 아껴 기른 큰딸의 몸과 마음을 결혼하기 전까지 주님께서 꼭 지켜주옵시라고 30년 가까이 새벽기도 다닌 게 말짱 꽝이라며 무려 인생의 덧없음을 토로하기 시작했다. 토로 중간중간에 너 이제 결혼은 어떻게 할 거냐는 걱정, 결혼 생각 없는 나에겐 그야말로 씨도 안 먹힐 걱정도 빼놓지 않았다. 나는 충격받은 엄마에 더 충격을 받아서 그렇게 순진한 채로 어떻게 이 험한 세상을 50년 넘게 살 수 있었던 거냐고 이제 그만 순진할 때도 됐다고 그리고 그거 완전 구식 마인드라고 반백 살이 넘은 엄마를 가르치기 시작했다. 순진한 여자와 안 순진한 여자는 서로의 잘잘못을 끝내 가르지 못하고 통화를 마쳐야 했다. 탕비실에 국장님이 들어왔기 때문이다.

"네, 잘 알겠습니다. 나중에 다시 전화드릴게요."

새빨개진 얼굴로 전화를 끊자 국장님이 물었다.

"이슬이 여기서 뭐 해?"

엄마랑 섹스 얘기 하던 중이었다고 솔직하게 말할 수 없었으므로 촬영 장소 섭외 중이었다고 거짓말한 뒤 회의실로 돌아갔다.

퇴근하고 집에 가니 동생이 내 얼굴을 보고 실실 웃었다.

"언니 오늘 엄마한테 전화 왔었다?"

"뭐라던데?"

"너도 섹스했냐고 묻던데?"

나는 동생의 맞은편에 앉아 아까 엄마에게 하지 못했던 말을 주절주절 늘어놓았다.

"그동안 남자 친구 사귈 적마다, 헤어질 적마다, 그리고 다시 사귈 적마다 엄마한테 다 말했는데! 심지어 남친이랑 여행 갔다 온 사진도 보여줬는데 엄마가 짐작 못 했다는 게 말이 되냐? 야, 그리고 내일모레 삼십인데. 뭐가 어때서? 엄마는 내 나이에 큰딸이 유치원생이었어!"

"손만 잡고 잔 줄 알았나 보지 뭐. 알잖아, 엄마 순진한 거. 엄마 좀 이해해줘. 엄마 눈엔 아직도 언니가 애기인 갑지."

답답하다고 어린애처럼 투덜거리는 나에게 자신이 엄

마를 잘 달래놓았으니 너무 걱정하지 말고 시간을 좀 주는 게 좋겠다고 언니 같은 동생이 말했다. 동생이 있어서 참 좋다고 생각하면서 동생을 낳았을 적 엄마 나이를 헤아려보는 나는 어쩔 수 없이 치사하고 속 좁은 구제불능이었다.

엄마는 서울 집에 각종 비건 김치를 잔뜩 보내주는 것으로 자신의 마음이 정리되었음을 알렸다. 엄마랑 한바탕 아닌 한바탕을 하고 나니 문득 아빠의 반응이 궁금했다. 아빠는 왜 아직까지도 아무런 반응이 없는가! 아빠한테 전화를 걸어 내 책 다 읽었느냐고 물었더니 아빠는 한 장 한 장 눈물이 앞을 가려 아직 반의반도 다 읽지 못했다고 대답했다. 실로 그 말을 하는 아빠의 목소리가 촉촉했다.

첫 장부터 충격을 받아 각 잡고 독서대 앞에 앉아 몇 시간 만에 내 책을 독파했다는 엄마와 매 순간 눈물이 흘러 한 달 가까이 책의 반의반도 읽지 못했다는 아빠. 달라도 너무 다른 둘은 도대체 어떻게 사랑에 빠져 결혼할 수 있었던 걸까. 하여튼 몇 달 후 익산에 가서야 아빠의 독후감을 들을 수 있었다. 아빠랑 늦게까지 소주잔을 기울였고 술을 하지 않는 엄마는 졸리다며 먼저 방으로 들어갔다. 아빠가 목소리를 낮추더니 말했다.

"큰딸 책 잘 읽었다."

나는 부끄러워하며 어땠느냐고 물었다.

"너무 훌륭하게 재미있더라. 근데, 딸 담배 피워?"

부모님께 책을 드리기 전 나는 미리 부모님의 예상 질문 리스트를 뽑았었다. 항목 중에 담배도 물론 있었다. 초연한 표정으로 고개를 끄덕였더니 아빠는 약간 울상이 되어 그런 걸 책에 쓰면 어떡하냐고 말했다. 아빠 얼굴에 원망 비슷한 게 서리는 걸 언뜻 본 것도 같았다. 나는 미리 준비한 답변을 머릿속에서 천천히 정리했다. 건강을 염려한다면 아빠부터 끊으라고 딜을 걸어야지. 만에 하나 여성의 흡연으로 꼬투리를 잡는다면 다른 사람도 아닌 우리 아빠가 어쩜 구식 꼰대처럼 굴 수 있는 거냐며 상처받은 표정으로 통탄을 해야지. 내 나이가 내일모레 서른이라는 말도 빼먹지 말아야지. 마음을 굳게 먹고 말문을 트려고 입술에 침을 바르는데 아빠가 예상치 못한 말을 했다.

"나 닮아서 네가 그러고 다닌다고 아빠가 엄마한테 얼마나 혼난 줄 아냐."

상상치 못한 전개에 할 말을 잃은 사이 아빠는 시무룩한 표정을 거두지 않고 다음 말을 이어나갔다.

"엄마가 네 책을 읽더니 몇 번이나 썩을 놈의 가시내라고 욕하더라. 아빠는 너무 상처받았다."

"내 욕을 했는데 왜 아빠가 상처를 받아?"

"그게 어떻게 네 욕이냐. 아빠 욕이지. 너가 썩을 놈의 가시내면 너는 그냥 가시내고 내가 썩을 놈이라는 뜻인데."

듣고 보니 맞는 말이었다. 속상해하는 아빠를 보니 당황스럽게도 담배가 당겼다. 소주 한 잔을 순식간에 털어 넣은 아빠가 씁쓸한 미소를 짓더니 현관 밖으로 나갔다. 주섬주섬 외투를 챙겨 아빠를 따라나섰다. 뒷마당 아궁이 앞에서 아빠는 담뱃갑을 뒤적이고 있었다. 아빠 옆에 서서 "별이 참 예쁘다. 역시 시골에 오니 별이 잘 보이네" 하며 공연히 헛소리를 늘어놓았다.

"딸도 한 대 피울래?"

아빠가 씩 웃으며 담배를 건넸다. 나는 별처럼 눈동자를 반짝이며 아빠가 건네주는 담배를 받아 들고 말했다.

"누우우가 울 아빠보고 썩을 놈이래! 이렇게 멋진데!"

아빠가 엄마 깬다고 조용히 하라고 했다. 진심으로 불안해하는 아빠의 모습은 어딘지 어른들 몰래 구석에 숨어 담배 피우는 걸로 기어이 허세를 부리는 미성년자 같았다.

"이거 비밀이다, 딸. 또 책에 쓰지 말고. 엄마 알면 아빠 진짜 죽어."

나는 알았다고 나만 믿으라고 힘차게 대답했다.

아빠와 별이 가득한 밤하늘을 바라보며 하얀 담배 연기를 내뿜는 동안 내 부모 강태진 이성숙과 그들이 기른 강이슬을 생각했다. 이제는 다 알 때도 되었지 싶은데 아직도 우리는 느닷없이 서로의 모르는 모습들을 마주친다. 여전히 서로에 관해 처음 안 사실이 있을 수 있다니. 아무래도 우리는 남은 평생을 놀래키고 놀라는 관계로 살아갈 것 같았다.

아빠가 나를 보더니 또 한 번 배시시 웃었다. 어릴 때부터 우리 둘만의 비밀이 생길 때마다 아빠가 지었던 표정이었다. 나도 아빠를 따라 웃었다.

"아빠 도넛 만들 줄 알아?"

내 질문에 아빠가 그것만은 절대 배우지 말라며 〈슈렉〉의 장화 신은 고양이 같은 표정을 지었다.

시골의 칠흑 같은 어둠 속에서 빨간 담뱃불 두 개가 등대처럼 깜박거렸다. 새롭게 생긴 비밀이 아빠와 내 숨결을 타고 고요하고 하얗게 흩어지고 있었다. 이토록 정다운 순간을 혼자만 알기 아깝다고 생각하며 두꺼운 아빠 손에 깍지를 꼈다.

✹

뜬구름 잡기

얼마 전 방송작가협회에 가입했다. 예능 구성작가의 경우 협회에 가입하려면 60개월 이상의 경력이 필요하다. 언뜻 보기엔 5년 이상의 방송작가 경력을 말하는 것 같지만 사실 협회에서 요구하는 60개월의 경력은 방송이 송출된 시기만 따진 것으로, 방송이 송출되기 직전까지 일한 시간, 즉 '기획 기간'은 여기에 포함되지 않는다.

막내 때는 협회에 가입하는 날이 오지 않을 미래처럼 느껴졌다. 그도 그럴 것이 나는 tvN에서 방송작가 일을 시작했는데, 당시에는 케이블 방송에서 일한 경력은 지상파 경력의 반만 쳐줬다. 그러니까 나는 2개월을 일해도 1개월의 경력만 인정받을 수 있었다. 항상 정규 프로그램에서 일한다는 보장도 없었기에 더 절망스러웠다. 8회, 12회짜리 프로그램이 많아지면서 정규 방송이 귀해진 탓이었다. 보통 12회짜리 프로그램을 기획하는 데 3개월 정도가 걸린다. 케이블 채널에서 3개월 기획하고 3개월 방송하는 식이라면 협회에서 인정하는 60개월의 경력을 채우는 데 걸리는 시간은 어림잡아도 대략 20년이었다. 그마저도 기획했던 프로그램이 하나도 엎어지지 않는 운 좋은 상황을 가정했을 때 이야기였지만.

동기 작가들과 꼭 오래오래 버텨서 방송작가협회에 함께 들어가자고 의지를 다졌다. 협회에 들면 어떤 혜택을 받는지 잘 모르면서도 그랬던 이유는 일반 회사처럼 승진 제도가 없는 환경이었기에 협회 가입 자체가 꼭 어떤 감투처럼 느껴졌기 때문이었다.

운이 좋았던 덕에 꾸준히 정규 프로그램에서 일했고 막내 때 예상했던 시간을 한참 앞당겨 협회에 가입했다. 다행히 가입하기 얼마 전 제도가 바뀐 덕에 케이블 방송 경력도 일한 만큼 인정받을 수 있었다. 가입 원서를 내기 위해 처음으로 여의도에 있는 방송작가협회 건물에 갔던 날, 그동안 일했던 기억들이 파도처럼 두서없이 밀려왔다.

가입 원서에 적힌 내 경력들을 손으로 따라 짚으며 인정받지 못해 적히지 못한 기획 기간을 추도했다.

그동안의 작가 경력을 반추했을 때 스스로가 가장 방송작가답게 느껴졌던 시간은 단연코 기획 기간이었다. 그야말로 아무것도 없는 상황에서 '우리 이제 어떤 방송을 만들까?'라는 질문 하나에 매달리는 시간. 좋다고 생각해 몇 날 며칠 밤잠을 줄이고 발전시킨 아이템은 윗선에서 까이기 십상이었고 그럼 몇 번이고 다시 아무것도 없는 맨바닥을 파헤치며 아이템을 찾아야 했다.

작가들의 기획료는 본래 받아야 하는 월급보다 20퍼센트에서 50퍼센트 적었지만 하루 온종일 사무실에 앉아 뜨겁게 회의하는 정성엔 조금도 부족함이 없었다. 그러다 마침내 가닥이 잡히면 여기저기에서 방대한 양의 자료를 끌어모아 더 가열찬 회의로 아이템을 구체화시켰다. 회의실 한쪽 구석에 페이퍼가 쌓여갈수록 피로도도 높아졌지만 설명할 수 없는 흥분과 기대 때문에 피곤을 잊고 일했다. 옆 팀이 준비한 기획이 엎어졌다더라, 다른 방송국 새 프로 촬영이 기약 없이 밀렸다더라, 실시간으로 전해지는 소문을 들으며 우리가 기획 기간 내내 뼈가 닳도록 준비한 아이템도 언제 갑자기 엎어질지 몰라 마음 졸이다가 마침내 프로그램 제목이 결정되고 첫방 날짜가 확정되면 이젠 진짜로 방송이 되는구나, 비로소 마음을 놓았다.

기획이란 뜬구름을 잡으려고 최선을 다해 사방으로 두 팔을 허우적대는 헛짓거리를 하다가 진짜로 구름을 쥐게 되는 일 같다.

지금 내가 일하고 있는 tvN 〈놀라운 토요일〉의 기획을 마쳤을 때 일기장에 적은 글이다. 열 몇 명의 제작진이 회의실에 자발적으로 갇혀 분식으로 끼니를 때우며 회의에 회의를 거듭해 만든 그 프로그램과 함께한 지 벌써 3주년이 넘었다. 꼭 세 돌 넘은 자식처럼 기특하고 애틋하다. 방송작가협회에서 인정하는 경력의 반 이상을 '놀토'에서 쌓은 터라 더 특별한지도 모르겠다.

비록 기획 기간은 인정받지 못했지만 그럼에도 나는 기획 기간을 가장 뜨거웠던 시간으로 무척 생생하게 기억한다. 구름을 손에 쥐는 황홀한 순간을 까먹는 사람은 한 명도 없을 테니까.

지구의 X맨

우리 집엔 성인 여자 셋이 살고 있다. 위층 주인집에는 성인 두 명이 산다. 매주 월, 수, 금. 쓰레기 수거 요일마다 이 집의 녹색 대문 앞에는 성인 다섯이 버린 온갖 종류의 쓰레기가 무릎 높이만큼 쌓인다. 저 어마어마한 양의 쓰레기들은 다 어디로 가는가. 잘 모르겠지만 어디로 가긴 갈 것이다. 그리고 그 '어디'에 오랫동안 쓰레기인 채로 남아 있을 것이다. 너무 오랫동안 썩지 않은 나머지 내가 죽은 뒤 운 좋게 환생해 또 죽을 때까지 남아 있을 쓰레기도 있을 것이다. 이제는 '사람은 죽어서 이름을 남긴다'는 말보다 '사람은 죽어서 쓰레기를 남긴다'가 더 그럴듯하게 들린다.

작년 생일은 쓰레기 때문에 죄책감으로 얼룩졌다. 퇴근하고 집에 와보니 현관 앞에 택배 박스들이 내 키만큼 쌓여 있었던 것이다. 지인들이 카카오톡 선물하기 기능으로 짧은 축하 메시지와 선물을 보내올 땐 '세상 참 편해졌다' 하고 말았는데 실물로 마주한 어마어마한 선물 상자 앞에서 나는 할 말을 잃은 채 '세상이 어떻게 되려고 이러나' 걱정을 했다. 선물 앞에서 처음으로 맛보는 낭패감이었다.

참담한 심정으로 박스를 열어보는데 끔찍한 자본주의의 마트료시카가 따로 없었다. 큰 박스 안에 중간 사이즈 박스, 그 안에 뽁뽁이, 또 작은 박스, 그 박스 안에 있는 플라스틱을 벗겨야지 비로소 선물을 손에 쥘 수 있었다. 작은 선물 하나를 얻기 위한 환경오염 대장정이었다.

양손으로 간신히 껴안을 수 있는 크기의 박스 안에 30밀리리터 용량의 핸드크림이 덜렁 들어 있는 걸 발견했을 땐 '나무야 미안해'라고 외치며 울고 싶을 지경이었다. 이 지구의 X맨이 된 기분이었다. 사는 동안 최선을 다해 지구를 해치라는 특명을 받고 이 세상에 태어나 끊임없이 쓰레기를 만들어내고 있는 것은 아닐까.

내가 X맨이 아니라는 사실을 스스로 믿어보려고 여러

가지 작은 노력들을 하며 살고 있다. 깔끔한 포장지에 담긴 식재료를 파는 마트보단 재래시장에 가서 흙 묻은 재료를 구매해 장바구니에 담아 오고, 테이크아웃 음료수를 끊었고, 일회용 숟가락을 쓰지 않으려고 집에서 숟가락통을 챙겨 다닌다. 쓸데없는 쇼핑을 하지 않으며 더 이상 쓰지 않는 물건들은 버리는 대신 주변에 나누어주거나 중고 거래 앱을 통해 무료 나눔을 한다. 방송국에서 버려지는 도시락을 집으로 들고 와 데워 먹고 일회용품은 따로 깨끗이 씻어 최소 두 번은 더 사용한 뒤 버린다. 아, 카톡에서 생일을 알리는 기능도 꺼버렸다.

이런 자잘한 노력들 덕에 줄인 쓰레기도 많지만 쓰레기보다 죄책감이 더 많이 줄었다. 잠들기 전, 하루 동안 버린 쓰레기가 무엇인지 헤아려보곤 한다. 아무것도 버리지 않은 날이면 무엇도 해치지 않은 하루였구나 싶어 몹시 뿌듯하다.

그럼에도 '편리함'이란 너무 대단한 거라서 나는 매일매일 흔들린다. 인터넷으로 주문한 생필품이 다음 날 상자에 담겨 문 앞에 도착해 있고, 번거롭게 설거지할 일 없이 가볍고 단단한 일회용품을 쓰면 되고, 배달 앱을 통해 갖가지 음식을 주문할 수 있는 그야말로 '이 편한 세상'이니까.

그래도 그런 편리함 앞에서 '세상 참 편해졌다'라고 감탄하는 대신 '세상이 어떻게 되려고 이러나' 걱정하는 사람이고 싶다. 이 지구의 X맨이 되고 싶지 않기 때문이다.

이름의 무게

언젠가 고양이에겐 창밖을 바라보는 게 산책이라는 얘기를 들었다. 우리 집 고양이 강짱을 위해 거실과 방에 있는 창문을 자주 열어놓는다. 짱은 창문이 열리자마자 가볍게 뛰어올라 창틀에 배를 깔고 식빵을 굽는 자세로 창밖을 주시한다. 나는 그가 따끈한 햇볕을 쬐며 노곤노곤 멍을 때리는 줄로만 알았는데, 어느 날 자세히 관찰하고 나서야 그가 무언가를 집중하여 응시하고 있다는 것을 알았다. 동공을 확장시키며, 어깨를 움찔거리며, 귀를 쫑긋거리며, 때때로 털을 세우기도 하는 고요하지만 역동적인 산책을 그는 하고 있었던 것이다.

강짱이 창문 너머로 주시하는 대상은 매번 다르다. 때로는 마당을 구르는 낙엽이고 때로는 휘청휘청 날아다니는 날벌레, 때로는 길고양이 먹으라고 둔 밥을 훔쳐 먹는 비둘기이다. 강짱의 집중력이 가장 높아질 때는 군식구가 찾아올 때이다. 군식구, 우리 집에 찾아오는 네 명의 길고양이. 그중 덩치가 제일 커다란 수컷 치즈 고양이가 가장 넉살이 좋다. 가끔 밥그릇이 비어 있을 땐 이 집에 사는 누군가가 자신의 모습을 확인하고 넉넉히 밥그릇을 채워놓을 때까지 마당에 배를 까고 드러누워 햇볕을 쬐며 기다리는데 그 뻔뻔함이 가히 사랑스럽다.

언젠가 혹시 다가올까 싶어 고양이 간식을 들고 나가본 적이 있는데 어떤 경계심도 없이, 그러나 고양이 특유의 우아함을 잃지 않은 자태로 다가와 내가 주는 간식을 추릅추릅 잘 받아 먹었다. 치즈 고양이는 기분이 좋았는지 내 무릎에 머리를 비볐다. 나는 궁둥이를 툭툭 쳐주며 "아이고 아이고 그랬어? 그랬구나~" 하고 말했다. 고양이는 낮게 그르렁거리며 기분 좋은 티를 냈다.

그날, 치즈 고양이를 가까이에서 처음 보았다. 창문 너머로 볼 때는 보기 좋게 둥글둥글 살이 쪄 보였는데 가까이에서 보니 얼굴과 몸에서 길 생활의 풍파가 느껴졌다.

다른 고양이와 싸울 때 생겼는지 눈 밑에 난 상처와 숨 쉴 때마다 드러나는 갈비뼈, 손바닥에 느껴지는 아이의 마른 궁둥이, 말려 있는 짧은 꼬리, 얼룩덜룩 오물에 떡 진 털과 치석이 잔뜩 끼어 있는 송곳니가 안쓰러웠다.

창문 밖으로 우리의 모습을 가만 내다보던 짱이 길게 "우우우옹" 하고 울었다. 치즈 고양이가 우리 집 낮은 창틀에 앞발을 올리고 몸을 길게 늘렸다. 방묘창을 사이에 두고 둘은 한참 서로의 냄새를 맡았다. 창문 밖의 고양이와 창문 안의 고양이는 서로에게서 나는 낯선 체취를 맡으며 어떤 생각을 했을까. 둘 중 어느 쪽도 상대방을 부러워하지 않기를 바랐다.

도로로록, 밥그릇에 사료 채우는 소리를 들은 치즈 고양이가 강짱에게서 시선을 거두고 느릿느릿 밥그릇 앞으로 다가와 밥을 먹었다. 눈까지 감은 걸 보니 제법 음미하고 있는 모양이었다. 나는 그의 곁에 쪼그려 앉아 그가 식사하는 모습을 지켜보았다. 한참 동안의 식사를 마친 치즈 고양이는 사료 한 톨만큼의 미련도 없는 표정으로 뒤돌아 마당을 빠져나갔다. 그의 뒷모습을 보며 앞으로 쟤를 노랑이라고 부를까 생각하다가 이내 고개를 저었다. 이름을 붙여준다는 건 작지 않은 결심이니까.

고양이들을 위해 수시로 밥그릇을 채워주면서도, 그들이 밥 먹는 모습을 흘끔거리며 흐뭇해하면서도 이름을 붙이지 않은 이유는 내가 붙여준 이름을 타고 사랑이 옮아갈까 봐 두려웠기 때문이다. 사랑은 두렵지 않지만 사랑에 필연적으로 동반되는 염려는 두려웠다. 그러니까 이름을 지어준다는 건 곧 그 아이를 염려하기로 결정했다는 의미인 것이다.

비가 많이 내리거나, 햇볕이 지나치게 뜨겁거나, 살을 에는 찬 바람이 불 때마다 창문 밖을 내다보며 마음 졸일 일이 뻔했다. 사흘 넘게 보이지 않는다면, 영역을 옮겨 오랫동안 나타나지 않는다면 뾰족한 방도 없이 그저 발만 동동 구를 것이다. 차라리 사료 한 톨만큼의 미련도 남기지 않고 떠나는 치즈 고양이의 뒷모습을 보며 어디에서든 굳세게, 탈 없이 살아갈 거라고 믿는 쪽이 적어도 나를 위해서는 더 좋을 것이라고 치사하게 자위했다.

집으로 들어가니 강짱은 아직도 창문 밖을 바라보는 중이었다. 담벼락 너머로 사라진 치즈 고양이를 찾는 건지 두 눈동자가 바빴다. 길에서 떨고 있던 병 걸린 아기 고양이 시절의 짱이 겹쳐 보였다. 임시 보호를 목적으로 데려왔지만 그를 '고양아~' 하고 부르기 미안해 이름을 지어

주었다. 그 이름을 타고 사랑이 옮아간 바람에 나는 그에게 더 좋은 주인을 찾아주지 못했고 다만 평생을 염려하고 사랑할 책임을 얻었음을 기억했다.

식탁 위의 되감기

나는 1991년생으로 2020년에 서른 살이 되었다. 2020년 1월 1일. 눈을 뜨자마자 제일 먼저 든 생각은 이거였다.

'20대가 끝났다. 나는 30대야.'

앞으로 어떻게 살아야 할까 생각했다. 그것은 실망이나 후회도 아니었고 아쉬움 혹은 막막함 같은 것도 아니었다. 어떤 책임감과 조급함이었다. 지난날, 철없고 어리석은 행동을 할 때마다 합리화하기 딱 좋았던 '아직 20대니까'라는 변명들이 부채감이 되어 2020년 1월 1일, 아침 햇살과 함께 온몸으로 쏟아져 내렸다. 이제는 진짜로 어른이 되지 않으면 안 될 것 같았다.

똑바로 누워 천장을 바라보며 어른스러운 서른의 나를 상상했다. 만약 그 순간이 영화의 한 장면이었다면 내 머리통은 빔프로젝터가 되어 상상하는 미래를 흰 천장에 쏘아 올렸겠지만 현실은 영화가 아니었으므로 나는 남 보기에 그냥 할 일 없이 누워 멍때리는 경력 1일 차 서른 살 여자일 뿐이었다. 실제로 상상하는 그림이 천장에 잘 그려지지도 않았다. 자꾸만 딴 길로 새는 깃털 같은 집중력을 붙잡고 30분 넘게 낑낑거리다 결국 느릿느릿 일어나 책상에 앉았다. 역시 나는 이미지보다는 문자형 인간이라는 사실을 실감하며.

후회 없는 한 해를 기원하며 낡은 일기장에 1년 동안 이루고 싶은 목표들을 적었다. 운전면허 따기, 보증금 모으기, 꾸준히 운동하기, 오랫동안 못 만났던 사람들에게 연락하기, 계약한 책 마감을 무사히 끝내기, 독서 범위와 양 넓히기, 여행 많이 가기, 영화 많이 보기 등등등. 일기장 한 페이지를 크고 작은 목표들로 빼곡하게 채웠을 때 뿌듯함과 설렘보다 기시감과 지루함이 먼저 느껴졌다. 방금 쓴 일기장인데도 뽀얗게 먼지가 앉은 듯 텁텁해 보였다.

작년 1월 1일에 썼던 일기를 들춰보니 좀 전에 적은 새해 목표와 별로 다를 게 없었다. 펜대를 굴리며 어떤 목표를 더 추가해야 지난날보다 더 어른스러운 사람으로 살수 있을지 고심했다. 한참을 그러고 앉아 있다가 끝내 드라마틱한 재료를 찾지 못한 채로 일기장을 덮었다.

그리고 2020년이 2020년이라는 사실을 까맣게 잊을 정도로 바쁘게 살았다. 내가 서른이라는 사실도 자주 까먹은 탓에 사람들이 나이를 물어올 때면 무심코 스물아홉이라고 말하다 깜짝 놀라며 서른이라고 정정해야 했다. 어른은 무슨 개뿔이나 어른. 서른과 어른은 그냥 허접한 라임이 맞는 것 말고는 아무런 연관성이 없어 보였다.

봄이 되었다. 어느 날 저녁으로 제육볶음을 해 먹고 부른 배를 토닥이며 소파에 앉아 치와와 박호랑의 뜨끈한 몸을 쓰다듬다가 인생이 거꾸로 뒤집히는 경험을 했다. '내가 그동안 무슨 짓을 한 거지?' 물음표가 수백, 수천 개 떠 있는 무중력 공간에 갇혀 뒤집힌 채로 한참을 둥둥 떠 있었다.

방금 전 먹은 제육볶음 양념의 맛이 느껴졌다. 제육볶음이 빠르게 뒤로 감겼다. 내 위 속에 있던 제육볶음이 식도를 타고 올라왔다. 붉은 죽덩이는 내 턱이 위 아래로 움직일 때마다 음식의 모양을 갖추었다. 입에서 나온 제육볶음은 접시 위에 올라 펄펄 김을 내고 있었다. 그것은 다시 프라이팬으로 옮겨 간 뒤 얼마 후 양념을 벗은 채 검은 봉지에 담겼다. 검은 봉지를 든 내가 뒤로 걸어 정육점으로 들어갔고 정육점 도마 위의 살덩어리는 여러 번의 칼질을 통해 합쳐지고 모아져 큰 덩어리가 되었다. 분해되었던 붉은 토막들, 다리와 배와 목과 머리와 엉덩이가 합체되었고 더러운 바닥에 찰박하게 넘쳤던 검붉은 피가 빨려 들어간 목 언저리에서 쇠칼이 뽑혔다. 바닥에 쓰러졌던 돼지는 비틀비틀 일어나 길게 울며 눈을 껌뻑거렸다. 그리고 불룩하게 오르내리는 돼지의 배. 들숨과 날숨이 보였다. 통통하고 커다란 배에 손을 가져다 대었을 때 나는 현실로 돌아왔다. 품에 안긴 호랑이의 따뜻한 배가 규칙적으로 오르내리고 있었다.

그때 나는 살면서 처음으로 내가 방금 먹은 것이, 그리고 여태껏 먹어온 것이 호랑처럼 살아 숨 쉬던 동물임을 실감했다. 무거운 감정에 가슴이 짓눌리는 듯했다. 당최 내가 누구인지 모르겠는, 나를 잃어버린 기분이었다. 스스로가 남보다도 멀게 느껴졌다. 사람보다 동물이 더 소중하다고, 동물은 사랑이라고 외치는 나는 정말로 나인가. 내가 진실로 동물을 사랑한다면 어떻게 아무렇지 않게 사랑하는 존재들을 먹을 수 있는가. 그동안 나라고 믿고 있었던 나는 누구인가. 내가 나를 타인처럼 낯설어하는 사이 무릎 위의 호랑은 익숙하게 내 손등을 핥았다.

어른은 고사하고 내가 먼저 되어야 했다. 자신이 누구인지 모르는 어른은 불행의 다른 말처럼 느껴졌다. 동물을 사랑하는, 사랑을 실천하는 내가 되고 싶어서 우선 사랑하는 것들을 입에 넣는 일부터 끊었다. 나는 여전히 어른이 무엇인지 알지 못하고 되고 싶은 어른의 모습을 구체적으로 상상해본 적도 없지만 한 가지 확실한 건 밥상 위에 사랑하는 존재들을 올리지 않음으로써 내가 바라는 나를 천천히 닮아가고 있다는 것이다.

도시락 싸는 기쁨

한 달에 두 번. 격주 금요일마다 나의 출근길이 리드미컬해진다. 음, 좋게 말해서 리드미컬이지 사실 좀 시끄럽다. 발걸음을 뗄 때마다 배낭 안에서 절그럭거리는 소리가 나기 때문이다.

초등학교 때 엄마를 졸라서 산 유치한 그림이 그려진철 필통에서도 비슷한 소리가 났었다. 샤프랑 뚱뚱한 지우개랑 몽당 색연필이 철 필통에 잘그랑잘그랑 부딪는 소리. 그때는 그 소리를 더 즐기려고 콧노래를 부르며 폴짝폴짝 신나게 걷곤 했었는데 지금은 30대라 오만 것을 눈치 보느라 차마 그럴 수가 없다.

하여튼 요즘 내 가방에서 나는 소리는 철 필통이 아니라 수저통에서 나는 소리이다. 일회용품을 줄이려고 수저통을 들고 다니는데 보통 때는 사무실에 두고 쓰지만 스튜디오로 바로 출근하는 날엔 가방에 챙긴다. 촬영장에선 점심과 저녁, 두 번의 끼니를 먹는다. 스태프들을 위해 대량으로 주문한 도시락 중에 비건 메뉴는 없다. 그러므로 촬영 날마다 두 끼의 도시락, 간단한 간식, 수저통, 텀블러를 챙기느라 내 가방은 무겁다. 가방만 보면 일하러 가는 사람이 아니라 먹으러 가는 사람 같지만 그래도 뭐, 다 먹고 살자고 일하는 것 아니겠는가.

촬영 당일에는 도시락을 쌀 시간이 없으므로 주로 전날 밤에 도시락을 꾸린다. 촬영 준비를 마치고 밤늦게 집에 와서 도시락을 싸느라 분주한 내 모습을 보고 함께 사는 친구 박과 동생은 혀를 내두른다.

"오늘 밤에 파티 있는 거 아니지? 정말 대단하다."

그도 그럴 것이 밥심으로 사는지라 도시락이 좀 거한 편이다. 도시락 싸는 데만 기본 한 시간이 걸린다.

1년 넘게 이런 생활을 하다 보니 부지런하다는 오해를 자주 받는데 고백하자면 나는 늘 게으른 편에 속했다. 엄마는 빠릿빠릿하고 부지런한 자신의 배 속에서 나온 내가 게을러도 너무 게을러서 29년 동안 매번 놀랐다. 엄마는 매사 느긋하고 천하태평하게 늘어지길 좋아하는 나의 미래를 진심으로 걱정하며 매일 밤마다 내 미래를 위해서 간절히 기도했다.

"하늘이시여, 큰딸 이슬이를 늘어지게 하는 게으름의 사탄을 물리쳐주시고 부디 사람 구실 하게 도와주시옵소서. 아멘."

세상에, 그런 내가 부지런하다는 말을 다 들을 줄이야. 그런데 부정할 수가 없다. 채식을 시작한 후로 정말 부지런해진 건 맞으니까.

도시락 싸는 일이 번거롭긴 하지만 귀찮지는 않다. 시장에 철마다 달리 깔리는 예쁜 빛깔의 채소들을 고르는 일이 재미있고, 볶느냐 삶느냐 찌느냐에 따라 달라지는 채소의 향과 식감이 재미있고, 맛있는 도시락을 싸고 난 후엔 다음 날 도시락을 먹는 시간이 기대된다. 물론, 그래도 사람인지라 피곤하고 귀찮을 때가 있다. 그럴 땐 내가 조금 귀찮은 대가로 지켜온 생명들을 생각한다. 아무도 해치지 않는 식단. 아무도 아프지 않은 식단. 아무도 슬프지 않은 식단. 생명을 지키는 대가가 약간의 번거로움이라면 그것은 참으로 값싼 대가가 아니겠는가.

앞으로도 2주에 한 번씩 내 가방은 절그럭거릴 것이다. 그 소리를 칭찬 삼아 들으며 무거운 가방을 메고 가벼운 마음으로 스튜디오에 출근해야지. 점심 저녁을 누구보다 든든하게 챙겨 먹고 기쁜 마음으로 돈을 벌어 해치지 않는 식탁을 부지런히 차릴 것이다.

✴

감을 믿지 않는 감

지원이 사는 아파트에는 지원의 이름으로 기증된 나무 두 그루가 있다. 사실 기증은 듣기 좋으라고 우리가 장난으로 하는 얘기이고 배상이라고 하는 편이 정확하다. 지원이 운전면허를 따고 첫 운전을 하던 날, 그는 시동을 걸자마자 시원하게 나무 두 그루를 들이받았다. 차와 나무는 박살이 났다. 지원은 박살 난 나무를 바라보며 박살 난 차 안에서 멘탈이 박살 난 채로 한참을 서럽게 오열했다. 그렇게 그의 운전 경력은 단 5초 만에 폐차와 배상으로 화려하게 막을 내렸다.

그게 벌써 10년 전. 지원 나무 두 그루가 장승처럼 아파트 단지를 수호한 덕인지 그 후로 단지 내 사고는 없었다고 한다.

내가 친구들에게 면허를 딸 거라고 했을 때 지원은 말했다.

"야, 면허는 무조건 1종이지."

그러자 장롱면허 경력 10년인 지수와 박도 눈을 빛내며 지원의 말에 맞장구를 쳤다. 그렇게 말하는 운전 맹추들의 얼굴에는 믿을 수 없게도 자긍심이 서려 있었다.

1종 보통 면허란 무엇일까.

그것이 친구들의 터무니없는 허세라고 생각했는데, 요즘엔 차라리 1종 보통 면허에 도전하는 게 더 낫지 않았을까 자주 생각한다. 2종 보통 면허를 따면서 죽을 똥 싸는 시늉을 하는 내가 가장 많이 듣는 말이 "2종 따면서 뭘 그래?"이기 때문이다. 차라리 남들도 어려워하는 1종에 도전했다면 공감과 위로를 좀 얻었을지도 모른다. 사람들은 나를 꼭 무릎만큼 오는 얕은 물에서 정신없이 허우적대며 살려달라고 꼬르륵대는 바보 취급을 한다.

어쨌든, 지원의 처음이자 마지막 운전 얘기를 들었을 때는 속 편하게 깔깔거렸는데 그것이 남 얘기라고 생각했기 때문이다. 어째서였을까. 나는 내가 운전을 잘할 거라고 생각했다. 겁도 많고 반사신경도 후지고 거리 감각 및 공간 지각 능력이 제로에 가까운 엄청난 길치이면서도 막상 운전대를 잡으면 침착하고 부드럽게 차를 모는 베스트 드라이버가 될 줄 알았던 것이다.

물론 운전을 생각하면 두려웠다. 그러나 그것은 경험해 본 적 없는 미지의 영역에 으레 품게 되는 묘한 울렁거림 같은 거였다. 울렁거림 안에는 두려움과 딱 그만큼의 도전 욕구 및 호기심, 기대감이 포함되어 있다. 그러니까 나는 공포영화에서 나오는 '절대 열어선 안 되는 문' 앞에 섰을 때의 마음으로 운전이라는 세계를 궁금해했고 기어이 그 문을 열고야 만 것이다.

운전면허 학원에서 생애 첫 운전을 했을 때, 나는 제2의 지원이 될까 봐 두려웠다. 브레이크와 액셀이 자꾸만 헷갈렸고 할 수만 있다면 왼발은 브레이크에, 오른발은 액셀에 올려놓은 채로 양발 운전을 하고 싶었다. 발이 두 개나 달렸는데 이토록 복잡한 기계를 운전할 때 한 발만 써야 한다는 현실을 순순히 받아들이기 어려웠고 오른발은 정신없이 바쁜데 구석에서 팽팽 자빠져 노는 왼발이 어려운 형편에 밥이나 축내는 백수건달마냥 얄미웠다.

빛바랜 노란 차 속에서 온몸과 정신을 다해 한바탕 씨

름을 벌인 날 밤, 시동을 켜자마자 액셀을 잘못 밟고 급발
진해 아파트 여러 채를 박살 내는 악몽에 시달렸다.

수능 전날에도 긴장은커녕 하도 깊게 자서 하마터면 지
각을 할 뻔했던 나인데 다음 날 노란 차에 나를 가둘 생
각을 하니 착잡해서 도무지 잠이 안 왔다. 심지어 두 시간
수업 후에 곧바로 기능시험을 봐야 했다. 세상에 고작 네
시간 운전 후에 시험을 봐야 한다니. 이런 법이 어디에 있
나. 빨리빨리 대한민국이 너무나 버거웠다. 불현듯 유튜브
를 꼭 보라던 매트릭스의 목소리가 머리를 스쳤다. 곧바
로 유튜브에 '2종 보통 기능시험'을 검색했더니 온갖 영
상이 주르륵 떴다. 그중 하나를 클릭했다.

유튜브 속 강사님은 친절하고 나긋나긋했으며 '감' 따
위를 운운하지 않고 공식으로 설명했다. 가령 앞 범퍼로
중앙선을 가릴 때쯤 핸들을 반 바퀴 부드럽게 감으라든
가, 연석을 어깨에 맞추고 핸들을 완전히 꺾어 주차 공간
으로 진입하라고 말했다. 매트릭스의 말대로 친절하고 자
세한 설명이었다. 영상도 인상적이었지만 거기에 달린 댓
글들이 더 인상 깊었는데 하나같이 운전면허 학원 선생님
에 대한 불만이었기 때문이다.

'학원 선생님은 계속 혼내기만 했는데 영상은 너무 친

절해서 좋아요.'

'내일도 혼나러 갑니다.'

'선생님이 다그쳐서 운전이 더 무서워요.'

이런 댓글들을 보면서 전국의 운전면허 선생님은 혹시 복제인간이 아닐까 하는 엉뚱한 생각을 했다.

밤새 수도 없이 돌려 본 유튜브 영상은 분명 유용했지만 마음 진정엔 먼지만큼도 도움이 안 됐다. 한 번 맛본 실전의 공포 탓인지 첫날보다 훨씬 긴장되었고 이번에도 매트릭스 같은 선생님을 만날 것 같다는 알 수 없는 예감에 두려웠다.

멀리서 카우보이 모자를 쓴 선생님이 내 이름을 불렀다. 이제부터 그를 카우보이라고 칭하겠다. 나는 카우보이를 만나자마자 정신없이 나를 깎아내리며 밑밥을 깔았다.

"선생님, 저는 운전을 너무 못해요. 어제 만난 선생님도 지금껏 만나본 학생 중에 제가 제일 못한대요. 답답하시더라도 조금만 참아주시면 감사하겠습니다."

카우보이는 처음부터 잘하는 사람이 어디 있냐고 다정한 목소리로 대답했다. 그러나 어제 매트릭스도 같은 말을 했던 터라 호락호락하게 마음 놓을 생각은 없었다.

"두 시간 교육 후에 기능시험 보시죠?"

카우보이의 질문에 패닉에 휩싸인 표정으로 대답을 대신했다. 카우보이는 웬만하면 다 통과하는 쉬운 시험이니 너무 긴장만 안 하면 잘될 거라고 말했다. 운전하면서 긴장 안 하는 방법이 있다면 제발 그것부터 알려달라고 지저분하게 매달리고 싶었다.

카우보이와 함께 한 기능 수업은 좀 슬펐다. 카우보이가 너그럽고 따뜻한 사람이었기 때문이다. 그리고 나는 여전히 엉망진창이었다. 전날 매트릭스가 볶아대는 바람에 필요 이상으로 긴장을 해서 죽을 쒔다고 믿고 있었는데 사실은 매트릭스가 했던 '감이 없다'는 말이 진짜였던 것이다. 오른쪽 발에 슬픔의 무게가 실린 탓이었을까, 나는 전날보다 더욱 묵직한 발재간으로 급발진과 급정거를 해댔지만 카우보이는 인상 한 번 찌푸리지 않았다. 마지막으로 장내 코스를 절뚝거리며 돌고 나자 확실히 자신감이 붙었다. 좀 이따 있을 기능시험에서 떨어질 자신감 말이다.

"여기 오는 사람들 중 기능시험만 여덟 번 떨어졌던 사람도 있어요. 떨어지면 다시 보면 되니까 너무 떨지 마요."

카우보이도 나의 불합격을 예감한 게 확실했다. 위로랍시고 한 얘기였겠지만 남 일 같지 않아서 더 심란했다. 그 와중에도 여덟 번 떨어진 사람의 합격 여부는 궁금했다.

"그 사람은 운전면허 땄어요?"

"흠… 글쎄… 그 뒤로 안 와서 모르겠네요."

재시험비는 4만 원이다. 그러니까 그 사람은 무려 32만 원이라는 큰돈을 이 지옥 같은 장내 시험장에 훌훌 뿌리고는 홀연히 사라진 것이다. 재시험을 여덟 번이나 치를 정도로 근성 있는 사람도 좌절시키고 마는 노란 차가 악마처럼 보였다. 나도 그처럼 운전면허 학원의 전설로 남을까 봐 등골이 오싹했다.

기능시험을 앞둔 나는 좀 자신만만한 상태였다. 일종의 히스테리였던 것 같다. 어차피 처망할 일을 앞에 두면 아무것도 두려운 게 없어 차라리 사나운 기세로 웃게 된다. 카우보이가 나를 시험 대기 장소에 데려다준 뒤 꼭 합격하라는 말을 남기고 떠났다. 시험 대기실에는 나 말고 세 명이 더 있었다. 그중 웃고 있는 건 나 혼자뿐이었다. 다들 휴대폰으로 유튜브 강의를 보거나 초조한 얼굴로 창밖의 노란 차를 바라보며 뭔가를 중얼중얼 외고 있었다. 나는 초점 없는 눈을 부릅뜨고 소름 끼치는 표정으로 그저 웃으며 내 차례를 기다렸다. 내 앞의 두 명이 합격했다는 소식이 시험장 안에 명랑하게 울려 퍼졌고, 이제 내 차례였다.

시험장 앞에 주차된 연노란색 차에 올라타 운전석 시트

를 조정하고 안전벨트를 했다. 시험이 시작되었다. 지시에 따라 시동을 켰다. '오 순조로운데?' 생각하자마자 전조등을 켜라는 지시에 와이퍼를 켜고 감점당했다. 기어 변속도 너무 천천히 해서 감점당했다. 아직 출발도 못 했는데 두 번이나 감점을 당하니 콧노래가 절로 나왔다.

"어휴 왜 운전면허를 딴다고 나댔담. 정말 미쳤다 나 자신. 하하하."

헤까닥 돌아버린 사람처럼 혼잣말을 지껄이며 함부로 차를 몰았다. (물론 시속 10킬로미터를 간신히 넘기는 속도였다.) 힘들 때 웃는 자가 일류라 했던가. 놀랍게도 더 이상의 감점 없이 대망의 T자 주차 코스까지 깔끔하게 진입했다. 내가 연석에 올라타지 않았다니! 아직 가능성이 있는 건가? 어쩌면 합격할지도 모른다고 생각하니 웃음기가 싹 가셨다. 이제 차를 무사히 꺼내기만 하면 그다음은 딱히 어려울 게 없었다. 침을 꼴깍 삼키고 차를 천천히 뺐다.

'연석을 어깨에 맞추고 핸들을 완전히 꺾자' 공식을 외며 연석을 어깨에 맞췄는데 느낌이 구렸다. 이대로 핸들을 꺾어 빠져나가면 연석에 올라타거나 노란 선을 밟을 것 같은 감이 왔다. 나는 차를 뒤로 넣었다 뺐다 하며 노란 선을 밟지 않으려고 용을 썼다. 창밖으로 상체를 거의 꺼내 아래를 봤지만 아무것도 보이지 않았다. 될 대로 되라는 심정으로 핸들을 완전히 꺾는 순간 차가 기우뚱 기울었다. 기어이 연석을 밟은 것이다. 실격 처리를 당하자마자 강사님이 다가와 차에서 내리라고 했다. 연행되는 심경으로 차에서 내렸다. 늙은 노란 차가 쓸쓸한 모양새로 연석에 걸쳐져 있었다. 나를 연행하던 강사님이 아쉬운 어조로 말했다.

"아까 왜 넣었다 뺐다 했어~ 그냥 시원하게 나왔으면 깔끔하게 성공인데 아깝네!"

내 감을 믿지 말았어야 했는데 하고 너무 늦은 후회를 했고 그럼 당최 이 험난한 세상살이, 나 말고 뭘 믿어야 하나 참담했다.

집으로 돌아가는 셔틀버스는 무려 두 시간 후에 있었다. 노란 지옥에 꼼짝없이 갇혀 있어야 한다는 생각을 하니 눈물이 날 것 같았다. 흡연 구역으로 가는 길에 카우보이와 마주쳤다. 나는 쓸쓸하게 고개를 저었고 카우보이는 눈빛으로 내 실격을 애도했다. 흡연 구역 한쪽에서 매트릭스가 담배를 피우고 있었다. 꾸벅 인사를 했더니 그가 반갑게 인사했다.

"어! 시험 봤어?"

"네 방금 봤고요. 떨어졌어요."

그가 어제처럼만 했으면 무사히 붙었을 텐데 아쉽다고 말했다. 그는 나를 기억하지 못하는 게 확실했다.

로비에서 재시험비를 수납하고 다시 한번 셔틀버스 시간표를 살펴보았다. 당장 이 숨 막히는 노란 지옥에서 벗어나지 않으면 노란색 포비아가 될 것 같아서 눈에 보이는 셔틀버스 한 대에 다짜고짜 몸을 실었다. 타고 나서야 그 버스의 종착지가 우리 집에서 지하철로 한 시간이나 걸리는 곳이라는 걸 알았지만 상관없었다. 내 옆에 앉은 여자가 혹시 오늘 시험을 봤느냐고 물었다. 나는 오늘 기능시험을 봤고 실격했다고 말했다. 그가 엄청 밝게 웃으며 "정말요?" 하고 물었다. '그게 그렇게 재밌나요?'라는 표정으로 쳐다봤더니 그가 자신도 오늘 떨어졌다고 말했다.

불합격으로 하나 된 우리는 금방 경계심을 풀고 종착지에 도착할 때까지 수다를 떨었다. 그는 기능시험은 쉽게 붙었는데 도로주행은 정말 장난이 아니더라며 벌써 두 번째 떨어졌다고 한숨을 쉬었다. 그 여자의 충격과 공포의 도로주행 썰을 들으며 겁에 질린 척했지만 사실은 얕봤다. 아무리 그래도 T자 주차보다는 쉬울 것 같았기 때문이다.

✴

그게 뭐 나쁜가?

생애 처음으로 건강검진을 받았다. 검사 결과 모든 수치가 정상이었다. 그리고 대망의 단백질! 채식한다고 말할 때마다 그럼 단백질은 어떡하냐던 남들의 걱정이 무색하게 좋은 수치가 나왔다. 낮게 나왔던 건 중성지방 수치뿐이었다. 어쨌든 건강검진 결과는 나의 육체가 병든 곳없이 건강하다고 말하고 있었는데 사실 이는 예상한 결과였다. 초딩 때 이후로 열감기 한 번 앓은 적 없는 타고난건강 체질이므로. 내가 진짜 궁금했던 건 스트레스 검사결과였다. 어느 순간부터 행복하다는 말을 염불처럼 외는스스로가 좀 수상쩍게 느껴졌기 때문이다.

나는 100일 중 99일 기분이 좋아서 행복하다는 말을 입에 달고 산다. 맛있는 걸 먹거나 좋은 영화를 보거나, 반가운 친구를 만나면 행복이라는 단어를 비눗방울 총처럼 뿅뿅 뿜어낸다. 걱정이 별로 없고 상처받아도 오래 묵히지 않고 곧잘 툭툭 털어낸다. 엄청 빡쳐 하다가도 5분 뒤엔 그렇게까지 빡쳤다는 사실에 심지어 웃겨 하고 엄청 쫄릴 법한 일 앞에서도 씩씩한 편이다. 평생을 그런 식으로 살았다.

몇 가지 기억나는 일화들이 있다. 초등학교 4학년 때 처음으로 생일 파티를 했다. 색종이를 오리고 반짝이를 뿌려 만든 초대장을 반 친구들에게 돌렸다. 열 명 넘는 애들이 온다고 해서 아침부터 엄마랑 김밥이며 잡채를 만드느라 분주했다. 친구들이 오면 주려고 용돈을 털어 형광펜도 샀다.

모든 준비를 끝마친 뒤 초코파이로 만든 생일 케이크를 상 위에 올려놓고 잔뜩 들뜬 채로 친구들을 기다렸는데 약속된 시간에서 한 시간이 지나도록 아무도 오지 않았다. 그나마 양심이 있는 애가 우리 집에 전화를 걸어 다른 애들이 B와 아이스링크장에 놀러 갔고 자신도 거기에 갈 예정이라 내 생일 파티에 못 오게 되었다고 알려줬다. B의 엄마가 아이스링크장 비용을 대줬다나. 나는 전화를 건 애한테 막 화를 냈다. 어째서 그렇게 재미있는 이벤트를 이제야 알려줬느냐고.

나는 커다란 반찬 통에 김밥이랑 잡채를 싸서 아이스링크장으로 갔다. 친구의 말처럼 B의 엄마가 돈을 내줬다. 스케이트로 갈아 신고 친구들과 신나게 빙판을 달렸다. 어느 정도 지쳤을 때쯤, 휴게실 식탁 위에 가져온 김밥이랑 잡채를 풀고 친구들과 나누어 먹었다. 아, 음식을 먹기 전에 생일 축하 노래도 부르고 친구들에게 형광펜도 나누어 주었다. 몇몇 친구들이 머쓱한 얼굴로 생일 파티에 못 가서 미안하다고 사과했다. 나는 정말로 기분이 좋았기 때문에 진심으로 괜찮다고 말했다.

나중에 이 얘기를 들은 박이 너 초딩 때 왕따 당한 거 아니냐고 물었다. 나는 말도 안 되는 소리라고 응수했지만 혹시 내가 왕따였단 사실을 나만 몰랐던 건 아닐까 아주 살짝 의심했다.

20대 초반에 어학연수를 갔는데 연수 막바지에 프랑스 친구에게 초대를 받아 파리를 여행할 기회가 생겼다. 공항에서 친구 집에 가려고 지하철을 기다리던 중에 봉변을 당했다. 노숙인이 내 얼굴에 침을 뱉은 것이다. 지독한 악취가 났다. "야 이 새끼야!" 한국어로 욕을 하며 다가가니 노숙인이 빠른 속도로 뛰기 시작했다. 뛰는 놈을 잡으려고 따라 뛰다가 딱 한 걸음 달리고 내 발에 내가 걸려 넘어졌다.

두 손을 바닥에 짚고 절망감에 잠시 멈춰 있다가 문득 낭만의 도시 파리에 도착하자마자 겪은 이따위 개봉변이 무슨 명랑만화 주인공에게나 생길 법한 에피소드 같다는 생각에 픕 웃음이 났다. 웃음이 나는 걸 보니 별일도 아닌 것 같았다. 두 손을 탈탈 털고 먼지 묻은 무릎도 탁탁 털다가 무릎 부분에 동그랗게 빵꾸가 난 걸 알았을 때 나는 실소하며 휴대폰으로 사진을 찍었다. 이 얘기를 헤벌쭉 웃으며 무슨 자랑이라도 되는 듯 프랑스 친구에게 미주알고주알 들려줬을 때 친구는 노발대발하며 경악을 금치 못했고, 나는 노숙인을 찾아내 경찰에 넘기겠다는 친구를 진정시키느라 진땀을 뺐다.

안 그래도 가난하던 중에 월급을 떼였을 때도, 회사에 나에 대한 헛소문이 돈다는 사실을 알았을 때도, 직장 선배에게 모욕적인 말을 들었을 때도, 내 글에 달린 악플을 봤을 때도 더러운 기분은 하루를 안 갔다. 코미디 영화의 에피소드처럼 여기면 웃을 수 있었다. 그저 멘탈이 좀 센 편인가 보다 생각하고 잘 살다가 왜 갑자기 스스로를 수

상히 여기게 됐느냐 하면, 도무지 나를 의심하지 않을 수 없는 일들이 연달아 생겼기 때문이다. 하루는 동생이 이런 말을 했다.

"정말 행복해서 행복하다고 말하는 거 맞아? 일이 그렇게 많고 심지어 죄다 쫄리는 일만 하면서 뭐가 그렇게 매일 행복해? 나는 방송작가 중에 행복하다는 사람은 언니밖에 못 봤어. 그리고 글을 쓰거나 그림을 그리는 사람들은 어느 정도 우울하잖아. 언니 슬픈 삐에로 아니야?"

"슬픈 삐에로가 뭔데?"

"얼굴은 웃고 있는데 속은 다 썩어 문드러진 거 아니냐고."

"아닌데?"

"하, 최대 피해자는 나야. 방송작가 일 재미있다는 언니 말에 속아서 내가 이렇게 개고생하잖아."

실제로 며칠째 잠 못 자고 노트북을 두드리는 동생의 개고생이 내 탓처럼 느껴져서 나는 뒤통수를 긁적이며 열없게 웃어 보였다. (사실 나는 방송일이 엿같고 힘들지만 그래도 재미있다고 말했는데 동생이 뒷얘기만 마음에 새겼을 뿐이다. 이게 뒤늦게 분하다.)

그 무렵에 행복에 대해서만 말하는 작가는 다 밥맛이고

위선이며 우울이 빠진 글에는 깊이가 없다는 얘기를 처음 보는 사람에게 면전에서 들었다. 한 번 보고 만 사람이라 잘은 모르겠으나 그 사람의 자랑은 좋은 대학과 다독이 전부가 아니었을까 싶다. 어쨌든 우울과 글의 깊이는 비례한다며 행복에 관한 글들을 싸잡아 욕하는 그 사람의 무례한 말을 들으며 행복에 대한 글을 참 많이 쓰는 나로서는 '나 들으라고 하는 얘기인가? 에이 설마 인간된 도리로서 저렇게 무식하게 면전에서 비꼴 리가 없지 않나. 심지어 우리는 친한 사이도 아닌데' 이런 생각을 하며 자꾸만 헷갈렸다. 그러나 설마는 사람을 잡는 법. 그는 헤어지기 전 조언을 빙자한 비난으로 내 앞통수를 후려쳤다. 술에 전 그는 무슨 삼류 영화의 엑스트라도 못 될 법한 연기력으로 우수와 슬픔에 찬 표정을 꾸며내며 똥폼을 잡고 말했다.

"나는 그래서 작가님 책이 별로더라고. 깊이가 없어."

나는 취한 그를 택시에 구겨 넣은 뒤 차 문을 세게 닫았고, 저 인간의 손가락이 차 문에 끼지 않았음을 아쉬워하고 있는 스스로의 잔악성에 소름이 끼쳐 몸을 약간 떨었다.

그로부터 며칠 후에는 엄청 친한 친구가 나에게 서운함을 토로하며 엉엉 울었다.

"나는 항상 너에게 나의 힘듦을 솔직하게 말하는데 너는 왜 한 번도 힘들다는 얘기를 안 해? 우리가 그 정도 사이밖에 안 돼?"

친구의 눈가를 금방이라도 이탈할 듯 위태로이 매달린 눈물방울을 보며 나는 아무 말도 할 수 없었다. 당장이라도 힘든 일을 털어놔야 할 것 같은데 아무리 생각해도 나는 지금 힘들지 않기 때문이었다. 내 침묵을 긍정으로 잘못 해석한 친구는 결국 은구슬만큼 커져버린 눈물방울을 빈 술잔에 똑똑 떨어뜨리며 말했다.

"왜 맨날 밝은 척하냐? 다 알아. 잘난 척 그만 좀 해."

나는 친구가 눈물로 장판을 깐 술잔에 조용히 첨잔을 하며 생각했다. 도대체 내가 언제 밝은 척을 했다는 건지, 친구가 뭘 다 알고 있다는 건지, 나는 혹시 지금 힘들어야 하는 상황인지, 그리고 내가 어떤 식으로 잘난 척을 했다는 건지, 잘난 척한 게 아니라면 나는 설마… 진짜 잘난 사람이 맞는 건지. 그러나 그중 무엇도 알 수가 없었고, 그 후로도 오랫동안 새빨간 얼굴로 우는 애 앞에서 그저 허연 얼굴로 자신의 죄를 알지 못하는 죄인처럼 황망해했다.

하여튼 짧은 시간 동안 일어난 몇 가지 사건들 때문에 나라는 인간은 정말 행복한지, 내 정신은 건강한 상태가 맞는지에 대해 태어나 처음으로 진지하게 골몰했다. 그러다 내가 늘 한 박자씩 늦은 위로를 받는다는 사실을 눈치챘다. 이를테면 나는 "괜찮아?"라는 질문을 괜찮아진 후에 받는다. "힘들겠다"라는 염려를 들을 때는 이미 힘듦을 극복한 이후이고 "울어도 돼"라는 친구의 위로를 받으면 "나 완전 괜찮은데?"라는 대답으로 기껏 감정이입한 친구를 머쓱하게 만든다. 남들 기준에선 '아직도' 괜찮지 않고 힘들며 우울한 이슬이어야 하는데 나는 '벌써' 괜찮고 힘들지 않고 안 우울한 이슬이가 되어 있는 것이다. 한두 번이 아니라 거의 항상 그랬다.

나는 나 자신을 사이비종교처럼 여기면서 스스로에 대한 음모론을 펼치기에 이르렀다. 나, 강이슬 스트레스로 돌다 돌다 360도 돌아버린 게 분명하다. 아무래도 나는 슬픔불감증이거나 조증을 앓고 있는 것 같았다. 그렇게 생각하니 정말로 내 안의 슬픔 같은 게 느껴지는 것 같기도 했다. 나도 모를 정도로 깊은 곳에 숨어 있던 슬픔이 미처 대비할 새도 없이 빵 터져버리면 어떡하지. 제대로 해소하지 못한 스트레스가 날 집어삼키면 어떡하지? 진심으로 걱정이 되었다. 그때부터 내 마음의 사각지대에 고여 있을 척척한 우울과 스트레스를 양지로 꺼내려고 노

력했다. 슬픈 음악과 슬픈 책을 찾아 읽었고 날이 흐릴 때
면 괜히 우울하다는 말을 뱉어보았다. 빡치는 일이 생기
면 부러 극복하려 애쓰지 않았고 행복하다는 말을 미신처
럼 여기며 삼갔다. 물론 그런 내 모습을 자각할 때마다 때
지난 중2병을 앓는 30대가 된 것 같아 헛웃음이 나오려
했지만 헛웃음조차도 참았다.

다 늙어 찾아온 중2병은 건강검진 결과지를 뜯자마자
싱겁게 막을 내렸다. 심지어 결과지를 읽을 때는 깔깔 웃
기까지 했는데 스트레스 정도와 스트레스 대처 능력을 나
타내는 지수가 가히 황당했기 때문이다. 둘의 지수는 만
점이다 못해 측정 가능치를 넘어 그래프 바깥에 점이 찍
혀 있었다. 측정 불가능할 정도로 낮은 스트레스와 높은
스트레스 대처 능력이라니. 그래프 밑에는 이런 설명이
덧붙여져 있었다.

스트레스에 대한 대처 능력이 매우 좋은 상태로 아주 건강
합니다. 스트레스가 낮은 상태로 자율신경 조절 능력 및
스트레스에 대한 적응 능력이 매우 좋은 상태입니다. 피로
도가 매우 낮은 상태입니다.

그것을 읽으니 그냥 생긴 대로 행복하게 살아야지 싶었다. 나는 어릴 때부터 단 건 곧잘 삼켰지만 쓴 건 삼키질 못했다. 어릴 때 엄마가 큰맘 먹고 지어 온 보약 앞에서 웩웩 헛구역질을 하며 엄마 속을 볶아댔다. 엄마는 구역질하는 내 모습을 애써 외면하며 입에 쓴 게 몸에 좋은 법이니 남김없이 다 먹어야 한다고 엄하게 타일렀다. 나는 보란 듯이 보약에 설탕을 푹푹 퍼 넣으며 말했다.

"쓰면 달게 해서 먹으면 되잖아. 몸에 좋은 게 입에도 달면 좋잖아."

그때 엄마가 웃었던가? 그건 잘 기억나지 않는다.

어쨌든 나는 여전해서 쓰다면 다 싫다. 쓴 감정을 삼켜야만 할 때 설탕 같은 웃음을 타는 것뿐이다. 그게 뭐 나쁜가. 물론 이런 식으로 산다면 정말 깊이 있는 글은 못 쓸 수도 있겠다는 생각이 든다. 슬픈 글은 깊다는 말에 동감하는 나로서는 내가 닿지 못한 영역이 아쉽다. 그러나 자랑스럽게도 나는 행복한 글의 높음을 안다. 해저의 돌처럼 아득하게 깊은 글이 이토록 많은 세상에서 나 하나 정도는 새털구름처럼 방방 뜬 글을 쓰며 행복을 노래해도 좋지 않을까. 그게 뭐 나쁜가?

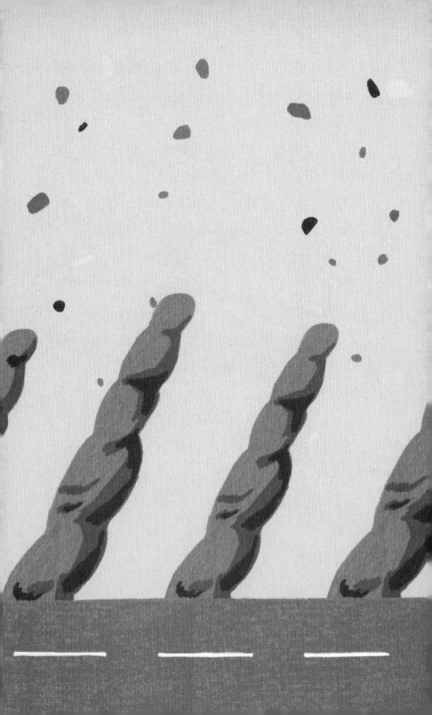

2장
낯섦을 통과하는 용기

✷

도로 위의 디스 배틀

기능 재시험에 붙었다. 그것도 무려 백 점으로 합격했다. 분명 기분이 좋아야 하는 상황인데 얼굴이 썩은 채로 시험장을 빠져나왔다. 내 예감대로였다면 T자 주차에서 망했어야 했다. 틀림없이 연석에 올라타 실격당하거나 운이 좋으면 선을 밟고 감점당할 각이었고, 도저히 답이 없어서 에라 모르겠다는 심정으로 액셀을 밟았는데 아무런 감점 없이, 완벽하게 주차 공간을 빠져나왔다. 백 점이라니, 내가 백 점이라니. 점수는 백 점이었지만 내 감은 의심의 여지가 없는 빵점이었다. 차라리 아슬아슬한 점수로 합격했다면 조금만 더 연습하면 된다고 스스로를 격려할 수 있었을 것이다. 그런데 나는 백 점짜리, 오답 노트를 만들고 싶어도 오답이 없는 백 점짜리 수험생이 었다. 미친.

그래도 한 가지 기뻤던 건 다시는 장내 시험장에 오지 않아도 된다는 사실이었다. 나는 기능시험에서 세 번 떨어지면 아주 운전을 접으려고 했었다(펼친 적도 없긴 하다만). 허공에 날아간 돈도 어쩔 수 없는 거라고 생각할 요량이었다(그리고 마음속으로는 은근히 세 번 떨어지길 바라고 있었다). 그때는 장내 시험장을 상상만 해도 가슴이 울렁거리고 현기증이 나서 장내만 벗어날 수 있다면 어떤 대가라도 달게 치를 수 있을 것 같았다.

그리고 대망의 도로주행 첫째 날이 밝았다.

그날의 선생님도 대박이었다. 선생님은 내 얼굴을 보자마자 인사도 건너뛰고 자신의 지병부터 알려주었다.

"저 허리 디스크 있어요. 급브레이크 절대로 밟지 마세요."

그 선생님을 디스크라고 부를까 했지만 사람을 지병으로 칭하는 건 아무래도 너무 심한 것 같아 '디스'로 칭하기로 했다. 실제로 보조석에 앉아 엄청나게 많은 디스를 날리기도 했다.

하여튼 나는 디스와 초반 기 싸움에서 확실히 패배했다. 주눅들 때마다 나타나는 손에 힘 풀리는 증상이 도지고 있었다.

도로주행용 차는 장내 기능시험 차에 비하면 아주 삐까번쩍했다. '이것이 바로 옐로우다 이것들아' 하는 기운을 짱짱하게 뿜어내는 샛노란 소형 SUV였다. 디스는 차에 올라타자마자 마른 손수건으로 운전석 여기저기를 바쁘게 쓸어내며 혼잣말을 했다.

"하여튼 새 차인데 선생님들 좀 깨끗하게 쓰지는 못하고 으잉 쯔쯔쯧."

그는 에어컨 위에 좀 비뚤게 붙어 있던 포스트잇을 떼었다가 똑바로 다시 붙였다. 손때가 많이 탔음에도 용케 접착력을 잃지 않은 낡은 포스트잇에는 '새 차입니다. 자신의 차처럼 사용'이라고 적혀 있었다. 디스는 우리가 탄 차가 새 차임을 거듭 강조하며 새 차에 탔을 때 펼쳐질 수 있는 치명적인 위험을 말하느라 필요 이상으로 목에 핏대를 세웠다.

"새 차가 잘 나가겠어요. 안 나가겠어요?"

"잘… 나가요."

"그럼 액셀을 세게 밟으면 어떻게 되겠어요?"

"엄청 잘… 나가겠죠?"

"앞차를 받을 수도 있는 거예요. 사고 나면 보험이랑 이것저것 보통 골치 아픈 게 아니야. 여기에 덤프트럭들 자주 다닌단 말예요. 트럭 받으면 어떡할 거야? 하여튼 조심해서 밟으세요."

"… 네…."

"그리고 아까 말했다시피 저 허리 디스크 있으니까 급브레이크 절대 밟지 말아요."

"… 네…."

도로주행 코스까지는 디스가 운전했고 거기에 도착해서 우리는 자리를 바꿨다. 그는 내가 벌써부터 급브레이크를 밟기라도 한 것처럼 허리를 부여잡고 앓는 소리를 내며 조수석에 올랐다. 두 팔에서 얼마 남지 않은 힘이 스르르 빠져나가는 게 느껴졌다.

우리는 3차선에서 출발했다. 나는 당연히 코스를 몰랐기 때문에 그가 시키는 대로 차를 몰 수밖에 없었다는 변명을 미리 해둔다. 하여튼 그가 직진하라기에 나는 직진을 했다. 4초쯤 지났을까, 디스가 다소 공격적인 어조로 말했다.

"뭐 해요? 깜빡이 안 넣어요?"

"예?"

"왼쪽으로 가야지. 1차선으로 안 붙을 거예요?"

"예?"

내가 어리바리하게 "예?"만 되뇌는 게 답답했는지 그는 손수 깜빡이를 켜고 내 핸들을 꺾어 1차선으로 이동시켜 주었다. 당황해서 떡 벌어진 입이야 마스크로 가릴 수 있었지만 황당함과 뜨악함이 잔뜩 묻어난 내 눈은 가릴 수가 없었다. 이럴 줄 알았다면 선글라스를 쓰고 올걸. 좀 이따 쉬는 시간에 매트릭스를 만나면 빌려달라고 말이라도 해볼까 생각했다.

디스는 나에게 코스를 전혀 모르느냐고 물었다. 나는 그렇다고 대답했고 디스는 유튜브를 안 봤느냐고 물어봤다. 유튜브 만능주의가 싫었다. 당최 인터넷 할 줄 모르는 사람들은 어쩌라고 그놈의 유튜브에 이렇게까지 의지하라는 걸까.

디스와 함께한 두 시간은 영원처럼 길었다. 매트릭스와 마찬가지로 디스 또한 자신의 초보 시절을 모조리 까먹은 사람이었다. 마치 날 때부터 운전 선생님이었던 것처럼 나의 초보적인 실수, 이를테면 깜빡이를 켰다는 사실을 깜빡하고 끄지 못하거나, 신호를 보고도 내 눈을 의심하느라 한 박자 늦게 출발하거나, 정차 시 기어를 중립으로 맞추지 않는 등 이런 상황 하나하나에 어쩜 이럴 수 있냐고 눈에 보일 듯 확실하고 선명한 한숨을 뿜어내며 고개를 저었다.

서러웠다. 다시 태어나면 디스의 운전 선생님으로 태어나 할 수 있는 모든 구박을 다 하고 싶을 정도로 화가 났다가 처음 본 사람을 이렇게나 미워하는 내 모습에 실망도 하느라 마음이 바빴다. 도로 위의 차들도 날 슬프게 했다. 클랙슨으로도 욕을 할 수 있다는 사실을 처음 알았다. 처음엔 뒤차들이 내가 탄 차를 노란 택시로 오해한 걸 거라고 정신 승리를 했지만 이내 나를 무시하고 귀찮아한다는 걸 인정할 수밖에 없었다.

학원 차가 노랑인 게 더욱 불만스러웠다. 유치원생들의 노란 원복처럼 아껴주고 보호하라는 뜻의 노랑인 줄 알았는데, 학원 차의 노랑은 검은 아스팔트와 대비되어 눈에 확 띄는 거슬림의 노랑이었다. 적정 속도로 달리고 있음에도 자신들 성에 차지 않는 속도라고, 차선을 바꿀 때 주춤거린다고 여지없이 클랙슨을 울리는 뒤차들을 보며 저들을 반면교사 삼아 나는 나중에 절대로 안 그래야지 마음을 다잡았지만 그 나중이 오진 않을 것 같았다.

도로 위에 배경음악처럼 깔린 나를 향한 클랙슨 소리와 디스의 디스로 힘이 빠지다 못해 슬라임처럼 흐느적거리는 두 팔로 간신히 운전대를 잡고 있는데 갑자기 디스가 내 핸들을 확 꺾었다.

"그렇게 천천히 들어가면 어떡해요? 옆에 트럭 끼어들려고 그러잖아. 이런 거 끼워주면 안 돼. 앞차에 바싹 붙이세요. 더, 더, 더, 더."

'안전거리는 개나 주는 건가요?'를 차마 묻지 못하고 디스의 요구에 맞춰 천천히 액셀을 밟는데 갑자기 우리가 탄 차가 끼익 하고 멈췄다. 디스가 보조 브레이크를 밟은 것이다. 디스는 정말로 나를 노려보며 말했다.

"아이고 허리야. 급브레이크 밟지 말라니까요?"

그때 나의 오른발은 액셀 위에 얌전히 올라와 있는 채였다. 그걸 확인한 순간 이럴 때의 억울함을 대비하여 한발 운전을 해야 하는 거구나 깨달았다. 나는 액셀 위에 당당히 올라와 있는 자랑스러운 오른발을 보여주며 급브레이크를 밟았다는 더러운 누명을 씻고 싶었지만 나의 알리바이를 디스에게 설명할 정신과 깡이 남아 있지 않았다. 뇌에 디스크가 올 것처럼 뒷덜미가 짜릿짜릿했다.

두 시간 수업 중에서 기억나는 거라곤 디스의 온갖 디

스와 뒤차의 클랙슨 소리와 울고 싶은 기분뿐이었다. 당장 다음 날에 두 번째 수업이 있었다. 이 고통을 앞으로 네 시간이나 더 견딜 수 있을까. 내 속도 모르고 야속한 하늘은 빠져 죽고 싶을 만큼 깊고 아름다운 새파랑이었다. 저 파란 하늘을 날 수만 있다면, 이따위 운전 같은 건 안 배워도 될 텐데. 인간에게 날개를 달아주지 않은 신을 원망했다.

신이시여, 날개를 안 주실 거였다면 운전 실력이라도 기본으로 탑재해주셔야 했던 거 아닌가요.

이상한 기시감

첫 번째 도로주행을 마치고 나는 거의 몸살을 앓았다. 운전면허 학원에서 회사로 바로 출근했는데 회의실에 들어가자마자 동료 작가들이 내 몰골을 보고 왜 이렇게 아파보이냐며 혹시 코로나에 걸린 거 아니냐고 마스크를 고쳐 쓰며 경계했다. 거울을 보니 눈 밑이 오래된 멍처럼 검푸른 빛깔이었다. 거무죽죽하고 얇은 눈 밑의 피부를 매만지며 어쩌면 이것은 다크서클이 아닌 진짜 멍일지도 모른다고 생각했다. 멘탈을 두들겨 맞아 생긴 외상인 것이다.

운전은 팔과 다리로 하는 줄 알았는데 어째선지 엉덩이 속 근육부터 귓속까지 빠짐없이 뻐근했다. 나는 빙초산에 빠진 오이 같은 반쯤 상한 낯빛으로 운전면허를 따겠다고 나댄 과거의 나 자신을 욕했다.

회의는 밤이 늦어서야 끝이 났고 도저히 지하철을 타고 집까지 갈 기력이 남아 있지 않아서 택시에 몸을 실었다. 남이 운전하는 차의 뒷좌석은 편하고 안전하게 느껴졌다. 운전면허 따는 데 들인 돈으로 택시를 탔으면 백 번은 더 탈 수 있었을 것이다. 비싸고 어렵고 재미도 없는 운전을 배우며 몸까지 아프고 피곤하니 진짜로 서러워서 울고 싶었다. 그러나 나에겐 울 자격이 없었다. 누가 억지로 시켜서 한 것도 아니고 자발적으로 저지른 일이 아닌가. 심지어 시작하기 전엔 희망에 부풀어 가슴이 울렁거리지 않았나.

두 눈에 힘을 주고 넘칠락 말락 하는 눈물을 간신히 컨트롤했다. 그러다가 이 기분을 언젠가 느껴본 적 있다는 생각이 들었다. 기시감을 쫓는 새 눈물이 쏙 들어갔다. 뭐지 이 기분은… 곰곰이 머릿속을 헤집으니 단어 하나가 퍼뜩 떠올랐는데 너무 말이 안 돼서 에이 설마 그럴 리가 하고 다시 기억의 상자 안에 구겨 넣었다. 그런데 그 단어 발밑에는 용수철이라도 달렸는지 꾹꾹 집어넣으려 할수록 더 확실하게 튀어나왔다.

그러니까 내가 떠올린 단어는 '첫 키스'였다. 운전과 첫 키스가 닮았다니! 정말 말도 안 되죠? 택시 기사님께라도 묻고 싶어서 입술이 옴싹거렸다. 그러나 야밤에 태운 수상한 안색의 여자가 수상한 질문까지 하면 기사님이 너무 무서울까 봐 질문 욕구를 참고 나 홀로 이성적 판단을 해보기로 했다. 머릿속으로 운전과 첫 키스의 닮은 점을 읊었다. 말도 안 되는 둘의 연결 고리가 말도 안 되게 끝이 없었다. 결국 휴대폰의 메모장을 열고 하나씩 적기 시작했다. 내용은 아래와 같다.

〈초보 운전과 첫 키스의 닮은 점〉

- 급발진은 위험하다.

- 한적한 곳에서 하고 싶다.

- 신호 보는 게 어렵다.

- 우회전 및 좌회전 시 얼마나 꺾어야 할지 모르겠다.

- 생각보다 다양한 부위에 힘이 쓰인다.

- 내가 초보라는 걸 상대방이 알아주길 바라는 동시에 초보 티가 나지 않길 바란다.

- 하기 전엔 왠지 잘할 수 있을 것 같다.

- 말로만 들을 땐 쉽다.

- 깜빡이 없이 들어가려는 실수를 한다.

- 긴장 때문에 몸이 굳는다.

- 내 자세는 어정쩡하고 이상하고 불편하다.

- 정말 이런 식으로 해도 되는 걸까, 하는 동안에도 확신이 없다.

- 내가 하고 있다는 사실을 믿기 힘들다.

- 선을 넘을까 봐 두렵다.

- 열심히 외운 공식이 현실에서 별 효과가 없다.

- 이런 내 모습을 부모님이 보면 충격 받을 게 분명하다.

- 너무 짜릿하다. 더 짜릿하다간 죽을 것 같음.

- 한바탕하고 나면 온몸에 힘이 쏙 빠지고 다리가 후들거리며 멍해진다.

- 자려고 누우면 계속 생각이 난다.

- 다음 진도를 빼고 싶다.

- 친구들한테 썰을 풀게 된다.

- 경력 많은 친구들이 존경스럽다.

- 오늘은 처음이라 못한 거겠지 싶지만 다음이라고 잘할 자신은 또 없다.

- 이유는 모르겠지만 살짝 울고 싶다.

- 평생 잊을 수 없다.

〈희망 사항〉

- 할수록 자신감이 붙고 실력이 는다.

- 장시간도 능수능란하게 가능하다.

- 가끔은 어떤 자극도 없이 지루하기까지 하다.

- 과거의 내가 귀엽게 느껴진다.

- 초보자에게 조언해줄 수 있는 능력과 여유가 생긴다.

- 무섭지 않다.

〈희망 사항〉은 키스 경력자로서 부디 운전이 키스와 닮았기를 희망하며 적은 내용이다.

한참 열중해서 적고 나니 첫 키스를 했던 때가 떠올랐다. 나는 중딩 때 고딩 오빠랑 불 꺼진 양로원 앞에서 첫 키스를 했다. 둘 다 첫 키스였던 그 순간은 얼마나 엉망진창이었던가. 그러고 보니 '깜빡이 없이 들어가려는 실수를 한다' 항목은 틀린 것 같다. 우리는 그때 서로 '들어가도 되겠냐'면서 필요 이상으로 수도 없이 많은 깜빡이를 넣었다. 그렇다면 그 항목은 '지나치게 많은 깜빡이를 넣는다'로 수정되어도 좋겠다.

뚱뚱한 궁둥이의 계시

며칠에 한 번 박호랑의 발톱을 깎아준다. 자그마한 발톱이 일주일 새 길어 있는 걸 보면 귀엽고도 같잖아서 콧잔등을 찌푸리며 웃게 된다. 발톱을 깎아주려면 신중하고도 섬세한 준비 동작이 필요하다. 호랑이 눈치채지 못하도록 발톱깎이를 등 뒤로 숨긴 채 살금살금 다가가야 하는 것이다. 만약 그가 눈치채면 구석에 꼬리를 말고 숨기 때문에 일이 좀 피곤해진다. 가여운 표정으로 발을 맡긴 채 품에 안긴 박호랑은 치와와 특유의 떨림을 열 배 정도 증폭시킨다. 그가 워낙 떠는 통에 발톱깎이를 든 내 손도 덩달아 흔들리지만 숨을 참고 온 신경을 열 손가락에 집중한다.

앞발에 있는 발톱을 다 깎고 뒷발을 다듬을 차례가 되면 호랑은 이젠 어쩔 수 없다는 표정으로 사람처럼 한숨을 쉰다. 나는 "다 끝났어 마지막이야" 거짓말로 그를 어르고 달래며 또각또각 발톱을 자른다. 마침내 마지막 발톱까지 다듬고 그를 바닥에 내려주면 입을 헤 벌리고 세상 행복한 웃음을 지어 보인다. 신이 나는지 팔짝팔짝 뛰거나 장난감을 가져와 마구 흔들기도 한다.

무슨 마음인지 궁금하다. 저 신나는 몸짓은 해방감 때문일까 아니면 만족감이나 뿌듯함 때문일까? 아마 셋 다일지도 모르겠다. 한껏 흥이 오른 개에게 진심을 담아 한마디를 한다.

"너는 좋겠다. 하기 싫은 일도 결국엔 남이 다 해줘서."

나는 가끔 호랑이 부럽다. 아니다. 나는 자주 호랑을 부러워한다. 월요병을 끙끙 앓으며 출근할 때 세상 고아한 포즈로 포근한 이불에 파묻혀 느리게 눈을 깜빡이는 호랑을 볼 때 부럽고, 앉아, 엎드려, 기다려를 잘해서 천재 취급을 받는 호랑이 부럽고, 새로 사 준 장난감을 잘 가지고 논다고 효자 소리를 듣는 호랑이 부럽다. 산책 후에 호랑의 발을 닦아줄 때마다 부럽고 지가 싼 똥을 안 치워도 설사

만 안 하면 예쁜 똥 쌌다고 칭찬받는 호랑이 참 부럽다.

조금은 박호랑처럼 살고 싶다. 별것도 아닌 걸 조금만 잘해도 사람 같다고 칭찬받는 호랑과 쉽지 않은 일을 쉽게 하지 못해 개 같은 기분에 휩싸이는 나. 우리 둘 중 누구의 자신감과 자존감이 더 빵빵할 것인가.

나는 특히 호랑이 말썽을 부릴 때 부럽다. 벽지나 장판을 벅벅 긁어놓거나 강짱의 밥을 훔쳐 먹거나, 두루마리 휴지를 온통 풀어 헤쳐놓은 뒤 좋다고 웃고 있는 호랑의 얼굴을 보면 짜증보다 부러움이 앞선다. 진짜 재밌었겠다, 스트레스도 다 풀렸겠지? 하는 생각이 드는 것이다.

아깐다고 한 번도 쓰지 못했던 비싼 볼펜을 박호랑이 처참하게 부숴놓은 날, 나는 이를 꽉 깨무는 것으로 빡침을 달래며 볼펜의 시체를 처리하다가 보고야 말았다. 박호랑의 반짝거리는 눈빛과 흥이 나서 씰룩이는 궁둥이를. 그 순간, 리드미컬하게 움직이는 치와와의 뚱뚱한 궁둥이로부터 나는 어떤 계시를 받았다. 뚱뚱한 궁둥이는 말했다.

'이제부턴 강이슬 너도 나처럼, 그러니까 개처럼 살도록 하여라.'

나는 만화영화의 한 장면처럼 과하게 비장한 표정으로 독백했다.

"개처럼 살 거야."

볼펜 잔해를 쥔 주먹이 파르르 떨렸다.

어감이 좀 별로라서 그렇지 개처럼 즐겁게 살아보자는 결심이었다. 개처럼 즐겁게 살기는 쉽다. 뒷일 걱정을 안 하면 된다. 박호랑이 뒷일을 걱정할 줄 아는 애였다면 후환을 두려워하느라 값비싼 볼펜을 오독오독 물어뜯는 만족감 같은 건 평생 모르고 살았을 것이다. 발톱 깎을 시기가 하루하루 다가올수록 구석에 몸 숨길 생각을 하느라 초조해서 잠도 제대로 못 잤을 것이다.

물론 뒷일 걱정은 중요하다. 그것은 인간의 생존 본능이자 능력이라고 들었다. 뒷일을 걱정할 줄 알기 때문에 닥칠지도 모를 일을 대비할 수 있다. 그러나 인생이 늘 생존일 수만은 없지 않은가. 지금이 원시시대도 아니고 말이다. 나는 인간에게 주어진 이 능력을 너무 남용하느라 즐길 일도 못 즐기는 판이었다. 하고 싶은 일이 있어도 지금보다 더 완벽한 때, 이를테면 덜 바쁜 시기, 돈이 많아지는 시기를 기다리느라 하지 못했고, 시간과 돈이 있을 때는 작심삼일로 흐지부지 끝나 패배감을 느낄까 봐 하지 못했다. '~하면' '~한 때'라는 조건들은 너무 쉽게 생겨났지만 충족하기는 결코 쉽지 않았고 차라리 시도 자체를

관둬버리는 일이 잦았다.

뭐든지 완벽하게 끝장을 봐야 할 것 같다는 알 수 없는 강박 때문에 결국 아무것도 시도하지 않는 나도 완벽주의자라고 봐야 할까? 하여튼 그렇게 이상한 완벽주의자로 살다 서른이 되니 지나간 20대가 좀 심심하게 느껴졌다. 하지 못한 게 아니라 하지 않은 것들이 지난 과거로 흘러가지 못하고 현재의 문턱을 붙잡고 늘어지며 '왜 나를 하지 않았어! 나를 했으면 얼마나 재미있었겠어'라고 원망하는 것만 같았다.

뒷일이 깝깝해서 애초에 시작하지 않은 것들을 '에이씨, 안 해도 피차 깝깝할 거, 차라리 그때 대강이라도 헤버려서 후회라도 하지 말걸' 하며 후회했다. 이럴 때 어울리는 말은 아닌 것 같지만, 심지어 싫어하는 말이지만 어쨌든 젊을 때 고생은 사서도 한다는 말이 있는데, 고생은커녕 어쩌면 좋아할 수도 있었던 일을 시도조차 안 해본 데 가볍지 않은 부끄러움을 느꼈다.

하여튼 뚱뚱한 궁둥이의 계시 덕에 나는 이도 저도 아닌 완벽주의자 말고 확실한 헐렁주의자로 살아버리겠다고 결심했고, 다행히 아직까지는 그 결심을 잘 지키는 중이다. 간만 보고 끝낸 일이 많다는 뜻이다. 스페인어를 3개월 배우다 말았고, 일본어를 배우려고 참여했던 모임은 너무 지루하고 어려워서 한 번만 나갔다. 코바느질은 손가방 하나를 뜨고는 관뒀다. 시즌이 너무 많아 여유로울 때 보려고 몇 년간 아껴놓았던 〈왕좌의 게임〉은 생각보다 재미가 없어 3화까지만 보고 말았고, 식스팩을 만들겠다는 결심은 운동 일주일 만에 무너졌으며, 매일 러닝을 다짐하며 다운로드한 앱은 휴대폰 용량이 다 차자마자 1순위로 삭제했다. 취미로 베이킹을 시작하겠다고 이것저것 사들였지만 첫 시도에 주방을 초토화시키고 두 손 두 발을 다 들었다.

그래도 괜찮았다. 스페인어 고수가 되지 않았고 뜨개질 마스터가 되지 않았고, 베이커리를 차리지도 못했지만 좋았다. '했으면 어땠을까'라는 궁금함이랄지 후회보다는 '나랑은 맞지 않는 일이구나' 깨닫고 포기하는 쪽이 훨씬 명쾌하다는 걸 알았다. 후회를 안 하는 방법에는 '끝까지 잘하기'도 물론 있지만 '일단 해보고 미련 없이 포기하기'도 있었다. 나에게는 '포기'도 성과였다. 뭔가를 시도했으므로 얻어낸 결과인 것이다. 그만두는 일은 걱정했던 것만큼 두렵지 않았다. 포기나 실패일지언정 그거라도 하는 편이 아무것도 안 하는 것보다는 훨씬 보람 있었다.

반면 포기를 예견하고 시작했지만 도무지 포기되지 않

는 일들도 있었다. 비건 지향이 그랬다. 한 달은 지속할 수 있을까 생각하면서 자신 없이 시작했지만 현재 비건 지향은 내 삶에서 가장 중요한, 그래서 힘이 닿는 한 오래 지속하고 싶은 가치가 되었다.

잘하고 말겠다는, 잘해야만 한다는 부담과 강박이 제거된 의지는 헐렁하다. 헐렁하게 얽힌 의지 사이로 많은 시도들이 잠시 머물렀다 숭숭 빠져나가고 그럴 때마다 괜한 일에 시간과 에너지를 낭비했나 싶어지기도 하지만 도무지 포기할 수 없는 어떤 가치들은 낭비의 과정 중에 얻어걸리기도 한다. 시간과 에너지를 낭비하는 습관은 그런 점에서 유의미하다.

얼마 전에 생일을 맞아 촛불을 불었다. 이제는 만 나이로 해도 진짜 서른이었다. 나름 뜻깊은 날이었으므로 허투루 보내고 싶지 않았다. 그래서 평점이 낮은 영화를 틀었다. 다른 사람들이 남긴 한줄평은 대부분 최악의 영화라고 말하고 있었지만 전부터 꼭 보고 싶었던 영화였기 때문이다. 재미없으면 보다 말아야지 생각하고 시작한 영화는 안 봤으면 어쩔 뻔했나 싶을 정도로 재미있었고 무척 내 스타일이었다. 나는 일기에 완벽한 생일을 보냈다고 적었다.

✹

플랜트 와퍼를 애도하며

버거킹 플랜트 와퍼

(2021.2~2021.6)

버거킹 플랜트 와퍼가 죽었다. 나는 언제나 누구에게나 그를 사랑한다고 자신 있게 말하는 사람이었으나 정작 그의 죽음은 뒤늦게 알았다. 그래서 플랜트 와퍼를 사랑했던 이들이 그의 죽음을 한바탕 슬퍼한 뒤에, 나는 애도의 뒷북을 치며 혼자서 외로웠다.

만약에 내가 그의 죽음의 징조 같은 걸 조금 일찍 발견했더라면 뭔가를 바꿀 수 있었을까. 버거킹 본사에 그는 참 좋은 버거이니 제발 죽이지 말아달라는 절절한 호소문이라도 올려볼 수 있었을 것이다. 인터넷에 그를 극찬하는 후기라도 적어볼 수 있었을 것이다. 그래서 만약에 내 후기를 보고 사람들이 그를 궁금해했더라면, 그리하여 만약에, 그가 '팔리는 버거'가 되었더라면 단 며칠이나마 그의 죽음을 유예할 수 있었을지도 모른다. 그는 이미 떠나버렸으니 부질없다는 걸 알면서도 수도 없는 만약의 경우의 수를 생각한다. 그의 죽음이 진실로 슬프고 미안해서 그렇다.

사랑하는 그를 만나러 버거킹에 갔다가 그가 죽었다는 사실을 듣고 축 처진 어깨로 나오던 날을 나는 기억한다. 우리의 인연이 이렇게 짧을 줄 알았더라면 당신 생전에 더 자주 만나 뜨겁게 입을 맞출 걸 그랬다고 씁쓸한 후회를 했다. 그가 살아 있을 적 함께 찍었던 사진을 천천히 넘겨 보며 당신 같은 버거를 만날 수 있어서 행복했다고 정말 고마웠다고 이제는 전하지 못할 혼잣말을 했다. 그의 온기가 그리웠다.

플랜트 와퍼는 마요네즈만 제외하면 비건으로 즐길 수 있는 버거였다. 술을 많이 마신 다음 날, 회사에서 먹을 도시락을 싸지 못한 날, 논비건 친구와 간단하게 식사를 해결할 때, 나는 버거킹에 가서 마요네즈를 뺀 플랜트 와퍼를 만났다. 그는 늘 똑같은 모습이었으나 나는 그를 만날 때마다 매번 새로운 행복을 맛보았다. 인터넷으로 비건 식당을 검색하지 않아도 된다는 사실이, 음식을 주문할 때 점원에게 논비건 성분이 있는지 질문하는 피로한 과정을 생략할 수 있다는 점이, 논비건 시절처럼 아무런 어려움 없이 사람들과 어울려 끼니를 해결할 수 있다는 현실이 그렇게 좋을 수가 없었다.

플랜트 와퍼의 충만한 온기가 두 손 가득 전해지는 걸 느끼며 다른 식당에도 피 묻지 않은 맛있는 메뉴가 딱 하나씩만 있다면 얼마나 좋을까, 아니 맛이 없어도 좋으니 그냥 있기만 하다면 얼마나 좋을까, 이게 그렇게 큰 욕망일까 생각했다. 피 묻지 않은 음식을 찾는 게 이렇게까지 어려워야 할 일일까도 생각했다.

다시 한번.
나는 그가 반년도 살지 못하고 죽어버렸다는 사실이 슬프다.

피 묻지 않은 메뉴는 그렇지 않은 메뉴보다 빨리 죽는

것만 같다. 나는 플랜트 와퍼가 죽기 전에 롯데리아의 스위트 어스 어썸버거와 서브웨이의 얼터밋 썹이 죽는 것을 봤다. 물론 논비건 메뉴들도 때때로 죽는다는 사실을 알고 있다. 그러나 논비건이 논비건 메뉴의 죽음을 맞닥뜨렸을 때와 비건이 비건 메뉴의 죽음을 맞닥뜨렸을 때의 절망감은 차원이 다르다는 사실 또한 알고 있다. 나는 비건보다 논비건으로 더 오래 살아봤기 때문에 사랑하는 메뉴가 죽었을 때 각자가 받는 충격의 차이를 간단하게 설명할 수 있다. 각각의 마음을 노래로 표현한다면 이와 같을 것이다.

논비건 메뉴가 죽었을 때 논비건의 마음: 사랑이 다른 사랑으로 잊혀지네 _ 하림
비건 메뉴가 죽었을 때 비건의 마음: 사랑앓이 _ FT아일랜드

논비건 메뉴가 사라지면 논비건은 다른 식탁에 옮겨 앉을 수 있다. 그러나 비건 메뉴가 사라지면 비건의 식탁은 다만 좁아진다.

회사 앞에는 크고 쾌적하고 친절한 버거킹이 있다. 그리고 그곳엔 나의 친구 플랜트 와퍼가 있었다. 이제는 없다.

피 묻지 않은 메뉴가 피조차 흘리지 못하고 죽었지만 피 묻은 메뉴들은 피를 흘리며 여전히 살아 있다. 아, 물론 버거킹에 피 묻지 않은 모두의 친구 프렌치프라이가 있다는 걸 모르는 바 아니다. 그러나 버거킹은 버거킹이지 프렌치프라이킹이 아닌 것을⋯. 이제는 크고 쾌적하고 친절한 버거킹에 나를 맞아줄 친구가 없다.

나는 그게 참 슬프다.

초심은 어디에

　내가 다녔던 운전면허 학원은 데스크에 따로 요청하거나 굳이 물어보지 않는 이상 수업 당일 배정될 선생님을 알 수 없다. 면허 학원 로비에 앉아 어떤 선생님이 나의 이름을 부르게 될 것인가 긴장하는 묘미를 선사함으로써 운전에 대한 긴장을 잠시라도 잊게 하려는 학원 측의 배려인 걸까. 로비의 낡은 스펀지 의자에 앉아 무의식적으로 옆 좌석에 난 구멍을 검지로 후벼 팠다. 뜯어진 가죽 속으로 손때 탄 스펀지가 보였다. 손가락 두 마디만큼의 깊이로 구멍이 뽕뽕 뚫려 있는 스펀지를 보며 나 아닌 누군가도 지금 이렇게 앉아 손가락으로 스펀지를 후벼 파는 짓을 하며 초조한 마음을 달랬겠지 생각했다.

나는 초조했다. 도로에 나가 운전할 자신이 없는데 이 짓을 어쩔 수 없이 또 해야 한다는 사실이 초조했고 무엇보다 오늘의 선생님도 디스가 될까 봐 초조했다. 전자는 정해진 운명이었으나 후자는 변동 가능성이 있었으므로 행운을 기대할 수 있었다. 그리고 설마, 선생님이 한두 명도 아니고 최소한 스무 명은 넘을 것 같은데 이틀 연속으로 디스가 걸릴 리 없었다.

"강이슬 씨."

뒤에서 내 이름이 불렸다.

디스였다. 오른쪽 어깨 뒤에 새긴 십자가 타투를 매만지며 하느님을 원망했다. 창문 밖으로 보이는 장내 시험장에서 빛바랜 노란 차들이 평균 시속 10킬로미터의 느긋한 속도로 코스를 돌고 있었다. 저 차 중 한 대가 급발진해서 나를 쳐주기를 잠시 바랐던 것 같다.

도로주행 수업은 총 여섯 시간이다. 첫날 두 시간은 A, B, C, D 코스를 돌고 두 번째 날엔 A, B 코스, 세 번째 날엔 C, D 코스를 돈 뒤 랜덤으로 코스 하나를 뽑아 주행시험을 본다. 나는 내가 전날 코스를 두 개나 돌았다는 사실을, 심지어 A, B와 C, D 코스는 각각 왕복 코스로서 결국 똑같은 길을 방향만 달리해 달렸다는 사실을 믿을 수 없었다. 정말 그랬다면 이렇게까지 도로가 낯설 리가 없지 않나.

우리 아빠는 우스갯소리로 내가 차를 사면 이틀 안에 잃어버릴 거라고 말했다. 길치라서 주차한 장소를 찾지 못할 거라는 게 농담의 근거였다. 나는 아직도 시장에서 장을 보고 집으로 돌아오는 중에 종종 길을 잃는다. 2년 가까이 살고 있는 동네이며 일주일에 한 번씩은 꼭 장을 보는데 말이다. 심각한 길치로 살면서 불편한 일은 많았지만 서러운 일은 별로 없었다. 그런데 운전면허 학원에 다니는 길치 수강생은 서럽다 못해 더럽게 비참한 역할이었다.

코스를 돌 때 디스는 외워두면 좋은 지형지물을 알려주었다. 가령 희한하게 자란 가로수를 지나치면 바로 어린이 보호구역이 나온다든가, 현수막이 걸린 상가 건물을 끼고 좌회전을 하라든가, 공사 중 표지판을 보면 무조건 오른쪽 도로로 빠지라는 것들이었다. 맹세코 나는 그의 말을 모두 외웠다. 나는 그가 '희한한 가로수'라고 말하면 '어린이 보호구역'이라고 곧바로 대답할 수 있었고, '공사 중 표지판'이라고 말하면 '오른쪽 도로'라고 지체 없이 말할 수 있었다.

기억력은 나쁘지 않았으나 애석하게도 눈썰미가 더럽게 나빴다. 나도 모르는 새 내 몸이 이상한 마법에 걸린 게 분명했다. 지형지물 힌트를 들은 뒤로 갑자기 도로 위의 모든 가로수가 희한해 보였고 상가 건물에 걸린 모든 현수막과 도로 위에 있는 모든 공사 중 표지판이 눈에 들어오기 시작했다. 갈피를 못 잡는 나 때문에 디스가 열심히 보조 브레이크를 밟고 내 핸들에 손을 뻗으며 방금 간 길을 왜 기억하지 못하느냐고 혀를 찼다. 디스가 내 핸들에 손을 올릴 수 없었더라면, 보조 브레이크가 없었더라면 우리는 경로를 이탈해 북한까지 향하는 아찔한 드라이브를 했을지도 모를 일이었다.

반복된 실수 때문에 디스의 답답함은 짜증으로 바뀌었고 그의 짜증 강도가 높아질수록 양팔에서 힘이 쪽쪽 빠져나갔다. 패닉이 오니 길이 더 헷갈렸다. 울 수도, 멈출 수도 없는 답답한 마음에 헛웃음이 나오기 시작하더니 나중엔 미친 듯이 웃음이 터졌다. 엉망진창으로 운전하면서도 광기 어린 눈빛으로 낄낄거리는 나를 경악에 찬 얼굴로 바라보던 디스는 사뭇 진지하게 지금 이 상황이 웃긴 거냐고 물었다. 나는 웃음을 참아보려 헐떡거리며 흉한 목소리로 간신히 해명을 했다.

"지금 울고 싶거든요, 근데 울 수 없잖아요. 이 웃음은 눈물의 보상 심리 같은 거예요."

디스는 어이없었는지 "하" 하고 짧게 비웃더니(내 귀엔 그렇게 들렸다) 집중을 안 해서 그런 거라며 내일 수업은 꼭 집중하는 게 좋겠다고 말했다. 그 말을 듣고 온갖 설움과 스트레스가 폭발했다. 나는 흥분을 꾹꾹 눌러 내리며 말했다.

"선생님 제가 집중을 안 한 게 아니라요, 정말 모르겠어서 그래요. 맨날 가는 길도 까먹는 길치거든요."

"길치가 왜 길치겠어~ 집중해서 길을 안 쳐다보니까 자꾸 까먹는 거지. 집중을 하세요!"

그는 져줄 생각이 없어 보였다. 그러나 나도 질 생각이 없었다.

"물론 길만 보면 이 정도는 아니겠죠. 그런데 저는 사이드미러, 룸미러도 봐야 하고 도로 상황도 봐야 하는데 페달도 두 개나 조작해야 하고 기어도 때때로 바꿔야 하잖아요. 아직은 그게 버거워요. 어떻게 길에만 온전히 집중을 하겠어요. 아직 초보 운전자라고 하기엔 면허도 없는데."

"허허 그게 어려우면 어떻게 세상을 살아요? 운전처럼 쉬운 게 어디 있다고."

절대 지지 않으려고 했는데 그의 한마디에 모든 전투

력을 상실했다. 나는 눈동자를 한 바퀴 크게 돌린 뒤 성의 없게 대답했다.

"네, 저는 선생님처럼 천재 만재가 아니라 속상하네요."

그가 아리송한 표정으로 큼큼 헛기침을 했다.

문득 운전면허 학원 선생님이 되려면 어떤 자격이 필요한 건지 궁금했다. 무사고 경력이라든지 운전 강사 자격증이 필요하려나. 무엇으로 자격을 검증하는지는 잘 모르겠으나 검증 제도에 빠진 한 가지는 확실히 알 것 같았다. 그것은 '초심을 여전히 간직하고 있는가?'라는 질문이었다. 만약 그 질문이 검증 항목에 포함되어 있었다면 디스는 높은 확률로 선생님이 되지 못했을 것이다. 디스는 자신의 초보 시절을 깡그리 잊었거나 초보 운전자의 마음에 대해선 단 한 번도 고심해본 적이 없는 사람임이 확실하기 때문이다. 그는 간신히 뒤집기에 도전하는 신생아에게 왜 이 쉬운 뜀틀을 넘지 못하느냐고 답답해하는 사람이나 진배없었다.

나는 디스의 운전 실력에 나의 공감 능력을 가진 선생님을 만나고 싶었다. 닦달하나 격려하나 어차피 운전을 못할 게 분명한 나에겐 그래도 격려하는 선생님이 필요했다. 답답한 티를 온몸으로 내느라 두 팔의 힘을 쏙 빼놓는 선생님이 아닌 처음엔 원래 다 그런 거라며 나도 운전을 처음 할 땐 너무 무섭고 어려웠다고 공감해주는 선생님이 내 옆에 앉기를 바랐다. 그러면 나는 조금 안심해서 두 팔에 단단히 힘을 주고 용기 있게 헷갈려 할 수 있을 것이다.

두 시간 수업을 마치고 학원으로 돌아왔다. 디스가 수고했다고 말하며 내일 두 시간 교육 후 시험 보는 게 맞느냐고 물었다. 나는 아무래도 보충수업을 들어야 할 것 같다고 대답했다. 디스는 보충수업 들으면 십몇만 원이 드는데 그건 좀 돈이 아깝다며 남들 다 붙는 시험이니 그냥 쳐보라고 말했다. 그의 말을 귓등으로 흘려들었다. 그 말을 듣고 다음 날 혹시나 하는 기대감에 시험을 쳤다간 백 퍼센트의 확률로 경로 이탈 실격을 할 것이 뻔했다. 그리고 실은 불합격보다 합격이 더 무서웠다. 만에 하나 합격을 한다면 나는 죽을 때까지 내 운전면허증을 믿지 못할 것이다.

로비에 가서 보충수업 두 시간을 신청했고 다음 수업을 한 달 뒤로 미뤘다. 도로주행을 3일 연속으로 하면 멘탈이 버텨내질 못할 것 같았기 때문이다. 지난 2주간 노란 자동차 안에서 잃었던 희망과 긍정을 되찾을 충분한 시간이 필요했다.

집으로 가요

삼백 명 가까이 되는 아홉 살짜리 애들이 가을 햇볕 아래서 벌게진 얼굴로 율동을 하느라 운동장에 뿌연 흙먼지를 일으키고 있었다. 바야흐로 가을 운동회 총연습이었다. 내 무릎께까지 오는 검은 스피커 네 대에선 조용필의 명곡 〈여행을 떠나요〉가 꽝꽝 흘러나오고 있었다.

먼동이 트는 이른 아침에
도시의 소음 수많은 사람 빌딩 숲속을 벗어나봐요
메아리 소리가 들려오는
계곡 속의 흐르는 물 찾아 그곳으로 여행을 떠나요

선생님의 몸짓을 따라잡느라 분주한 친구들 틈에서 나는 박자를 놓치며 허둥거리기 바빴다. 가사의 의미가 궁금해서 도무지 율동에 집중이 안 되었기 때문이다. 한바탕 연습이 끝나고 잠시 쉬는 틈에 내 앞에 앉은 애의 어깨를 툭툭 치고 물었다.

"야, 빌딩 숲이 뭐냐?"

"빌딩 숲?"

"응. 가수 아저씨가 벗어나자고 하는 빌딩 숲."

"몰라."

나는 엉덩이를 털고 일어나 선생님께 가서 빌딩 숲이 뭐냐고 물었다. 선생님은 빌딩이 마치 숲 같은 곳이라고 서울을 예로 들며 짧게 설명했다. 나는 다시 자리로 돌아가 친구에게 선생님의 말을 전했다. 친구가 물었다.

"빌딩이 뭔데?"

숲은 알았지만 정작 빌딩이 뭔지 몰랐던 우리는 서로의 얼굴을 마주 보며 잠시 당황했다. 짧은 고민 끝에 친구가 그럴싸한 논리를 펼쳤다.

"'빌딩 숲속을 벗어나봐요' 할 때 '빌딩' 부분 율동이 손으로 지붕 모양을 만드는 거잖아. 서울에선 집을 빌딩이라고 부르는 거 아니냐?"

"오! 서울 사람들은 지붕 위에 나무를 심는갑다. 긍게 '빌딩 숲'인가?"

"근디 왜 서울 사람들은 지붕 위에 나무를 심냐?"

"서울에는 집이 하도 많아서 나무 심을 땅이 모질란게 그지."

쉬는 시간이 끝난 뒤 다시 꽝꽝 울려 퍼지는 조용필 노래에 맞춰 몸을 흔들며 지붕 위에 뿔처럼 솟은 나무들을 상상했다.

빌딩 숲을 벗어나자는 노래에 맞춰 춤을 추게 했지만 학교에서 정한 소풍지는 늘 전주, 대전, 용인 등 도시였으므로 우리는 도시의 소음과 수많은 사람들이 있는 빌딩 숲을 향해 여행을 떠났다. 소풍 가는 버스 안에서 내 상상과 너무도 다른 진짜 빌딩을 처음 봤을 때 나는 내 순진함에 놀라 부끄러웠던 것 같기도 하다.

어느덧 도시 생활 13년 차. 이제는 그 노래를 들으면 푸른 언덕에 황금빛 태양이 축제를 여는 내 고향 생각이 난다. 삼촌이 집 뒷마당에서 따다 주신 파리똥(보리수) 열매의 붉은빛, 아빠가 튀겨주신 아카시아꽃의 파삭함, 할머니가 쓰레기를 태울 때 동생과 몰래 구워 먹었던 설익은 고구마, 낮은 담벼락 철근마다 앉아 있던 고추잠자리. 그런 기억들이 일시에 살아나 마음에 꽃바람이 분다.

폴 오스터의 소설《달의 궁전》의 주인공이 도시의 공원에서 자연을 느끼며 행복을 만끽하는 노인 에핑에게 어째서 시골에서 살지 않느냐고 묻자 에핑은 이렇게 대답한다.

"나는 그걸 해봤고 지금은 그게 모두 내 머릿속에 있어. (…) 일단 그러고 나면 평생 동안 그걸 절대로 잊지 못해. 나는 어디로도 갈 필요가 없어."

"절대로 잊지 못"한다는 말엔 동의하지만 "어디로도 갈 필요가 없"다는 말엔 동의하지 못하겠다. 에핑은 도시인이고 나는 도시인이 아니라서 그렇다고 생각한다.

도시에 오래 살고 있음에도 도시인이 되지 못한 나는 다만 길게 도시로 떠나온 사람일 뿐이라서 어쩔 수 없는 방랑자의 허함을 내려놓지 못하고 산다. 〈여행을 떠나요〉에 나만의 진짜 제목을 지어준다면 아마도 그 역인 〈집으로 가요〉가 되지 않을까.

나의 테레비 데뷔작

　내 인생 최초의 방송국 인간, 박 피디를 용서한 건 얼마 전 일이다. 오랫동안 미워했던 그 피디는 박 씨가 아닐 수도 있고 맞을 수도 있다. 사실 이름도 성도 얼굴도 기억나지 않는다. 그럼에도 오랫동안 그를 박 피디로 기억하는 이유를 나는 잘 모르겠다. 그를 만난 게 여덟 살이었던가 아홉 살이었던가? 아무튼 그때 나는 영세민 아파트에 살았던 덕에 학원 대신 무료 복지관에 다니는 혜택을 누릴 수 있었다. 복지관의 시간표는 학원보다 헐렁했고 수업하는 선생님도 수업받는 아이들도 어딘가 헐렁했다. 헐렁헐렁 잘 웃고 잘 넘어가고 잘 안기고 잘 보듬어주는 공간에서 나는 서예도 배우고 한문도 배우고 가끔은 영어 단어도 배우면서 시간을 보냈다.

아무튼 그날도 여느 때처럼 헐렁한 하루였다. 열 평 남짓한 작은 방에서 나이 지긋한 할아버지 선생님이 화이트보드에 집 가(家) 자를 쓰며 "집 가" 하고 선창했고 대여섯 명의 어린이들은 보드 마커의 검은 선을 눈으로 좇으며 낭랑한 목소리로 "집 가" 하고 후창했다. 서 계신 선생님과 바닥에 앉아 있는 우리의 거리가 너무 가까워 고개를 바짝 젖히느라 뒷목이 뻐근했던 기억이 난다.

복잡한 획순 때문에 몇 번이나 칠판을 흘끔대며 간신히 가(家) 자를 노트에 베꼈을 때, 별안간 드르륵 복지관 미닫이문이 요란스럽게 열리며 검은 옷차림을 한 서너 명의 남자가 들이닥쳤다. 그중 옷보다 더 검은 카메라를 들고 있었던 사람이 내가 여태 박 피디로 기억하고 있는 바로 그 사람이다. 박 피디가 한문 선생님과 알 수 없는 말을 나누는 동안 다른 남자들은 책상을 밀어낸 빈 바닥에 이런저런 장비들을 일사불란하게 설치했다. 공책을 품에 껴안고 구석으로 밀린 우리는 이게 무슨 일이냐는 질문을 눈빛으로 주고받았다. 할아버지 선생님이 두툼한 손바닥을 맞부딪쳐 짝 소리를 냈다. 집중하라는 뜻이었다. 그는 목을 한 번 가다듬더니 박 피디를 소개했다.

"방송국에서 오신 피디님이에요. 우리 복지관 학생들이 착해서 사진 찍으러 왔으니까 피디님 말 잘 들으세요."

우리는 네에 하고 힘차게 대답했지만 그저 어른의 당부 끝에 거의 저절로 따라붙는 어린이들의 관성적이고 만성적인 대답이었을 뿐 거기엔 아무런 다짐도 이해도 담겨 있지 않았다. 아니나 다를까 3초도 안 되어서 아이들은 곧바로 산만해졌다. 어떤 넉살 좋은 애는 벌써 "방송국 삼촌~"하며 그들의 단단한 어깨에 매달려 아양을 부리고 있었다. 그중 제일 조숙했던 나는 처음 본 사람들 앞에서 신나게 까부는 친구들이 좀 창피했다. '난 쟤네랑은 달라요'를 이마에 써 붙인 듯 새침한 표정으로 구석에 웅크려 앉아 공책 위에 집 가 자를 그림처럼 그리며 곁눈질로 상황 파악을 하고 있던 그때 박 피디가 다가왔다. 나는 어떤 승리감에 젖었다. 푸닥거리하듯 어른들의 관심을 받으려고 날뛰는 애들을 손 하나 까딱 않고 제친 기분이었다고 해야 할까. 아무튼 박 피디는 내 공책을 흘끔 보더니 말을 붙였다.

"집 가… 흠… 안 어렵니?"

"조금 어려워요."

"이름이 뭐니?"

"강이슬이요."

"이슬이는 공부를 잘하는 착한 아이구나."

부끄러워서 입술을 꼭 깨물었다.

"너 저게 뭔 줄 아니?"

그가 카메라를 가리켰다.

"카메라요."

그가 만족스럽게 고개를 끄덕이더니 뜻밖의 말을 했다.

"아저씨가 오늘 사진을 찍으러 왔는데 이슬이가 주인공이면 좋을 것 같아."

"테레비에 나와요?"

"응 그럼."

"드라마에요?"

"아니 음 광고야 광고."

"선전이요?"

"그렇지. 테레비에 선전 나오잖아 그거야."

"아~."

집 가 자고 뭐고 가슴이 터질 것 같았다. 들고 있던 공책을 박박 찢어 꽃가루처럼 흩날리며 주체 못 할 흥분과 떨림을 표현하고 싶었지만 아이치고는 체면치레를 유별

나게 하는 애였기 때문에 좀 전보다 훨씬 더 새침한 표정
으로 심플하게 고개만 끄덕였다.

검은 옷의 남자들이 수런수런 의논하더니 주방에서 식
판 하나씩을 가져다 나르기 시작했다. 식판엔 뜨끈한 국
과 밥, 아이들에게 인기 있는 반찬 몇 종류가 푸짐하게 담
겨 있었다. 아이들 머릿수만큼의 식판이 방금까지 공부하
던 책상 같은 밥상 위에 뚝딱 차려졌다. 박 피디가 우리더
러 식판 앞에 앉으라고 했다.

"이슬이는 여기 가운데 앉자."

나는 고작 세 걸음 걸으면서 영화배우라도 되는 양 고
개를 쳐들고 눈을 내리깔았다. 친구들이 "우와 이슬이가
주인공이래" 하며 바보 같은 목소리로 부러워했다.

"애들아 그냥 맛있게 먹으면 돼! 맛있게 먹어 알았지~?
아저씨가 시작! 하면 먹는 거야~."

"네!"

이번엔 이해와 다짐이 담긴 대답이었다. 박 피디의 시
작 소리를 신호탄 삼아 우리는 밥을 먹기 시작했다. '맛있
게'라는 말을 곧이곧대로 해석해서 걸신들린 것처럼 우악
스레 밥을 퍼먹는 친구들을 보며 속으로 어휴 정말 망신
이로다 생각했다. 자고로 테레비 속 배우란 먹을 때도 잘

때도 심지어 죽을 때도 예뻐 보여야 한다는 걸 나는 아주 잘 알고 있었다. 그래서 젓가락 끝에 겨우겨우 걸쳐진 흰 밥알 대여섯 개를 예쁘고 작게 벌린 입에 쏘옥 집어넣었고 씹을 때는 조신하게 입을 가렸다. 호로록 국을 떠먹어 볼까 하는데 박 피디가 나를 불렀다.

"이슬아, 더 맛있게 먹을 수 있겠니? 옆에 있는 친구들처럼."

그러면서 카메라를 얼굴 가까이에 바짝 가져다 대는 것이었다(그때는 줌 기능이 없었나…? 이제 와 그게 궁금하다). 거의 코앞에 있는 렌즈가 무척 부담스러웠다. 예쁜 척하느라 필요 이상으로 꼭꼭 씹어 넘긴 흰 쌀알 몇 톨마저 얹힐 것 같았다. 게다가 옆에 있는 친구들과 비교를 당하다니 자존심이 상했다. 나는 큰맘 먹고 푸짐하게 한술을 떠 입에 넣었다. 박 피디가 옳지, 옳지 잘한다 하며 반찬도 골고루 먹으라고 했다. 먹으라면 먹겠사오나 소녀, 흉한 입 안을 발랑 드러내 보일 순 없사옵니다 하는 고고한 태도로 반찬을 입에 넣을 때마다 끝끝내 입만은 가렸다.

촬영은 길었다. 밥을 먹고 또 먹어야 했다. 내가 주인공이라더니 카메라는 이쪽, 저쪽을 옮겨가며 친구들 밥 먹는 모습을 고루고루 담았다. 먹다 먹다 지쳤을 때, 소시지라면 사족을 못 쓰던 애가 추가로 얹어진 소시지를 보고 고개를 외틀며 엄마가 보고 싶다고 울먹였을 때, 비로소 촬영이 끝났다. 언제 촬영했느냐 싶게 순식간에 장비들을 정리한 남자들은 아이들에게 고맙다는 말을 한 뒤 바쁘게 신발을 신기 시작했다.

"피디님."

막 문을 나서려던 박 피디를 불러 세운 건 나였다.

"으응…?"

다른 애들은 다 삼촌이라고 불렀는데 혼자서만 직함으로 칭한 스스로가 어른처럼 똑똑하게 느껴져서 잠시 짜릿했다. 나는 하나도 안 궁금하지만 알 건 알아야 하니 어쩔 수 없이 묻는다는 식의 사무적인 표정으로 말했다.

"테레비에 언제 나와요?"

"글쎄… 선전이라는 게 방송처럼 시간이 정해져 있는 게 아니라서 아저씨가 언제 나온다고 딱 말해줄 수가 없네."

"아, 그렇죠. 그러면…."

"응?"

"제가 주인공이 맞죠?"

박 피디가 씨익 웃으며 내 머리를 쓰다듬었다.

"그럼 그럼. 이슬이가 가운데 앉았잖아."

그제야 마음을 놓고 박 피디를 배웅했다. 남자들이 떠나자마자 긴장이 풀리며 온몸이 녹아내리듯 노곤노곤해졌는데 이 기분이 어른들이 그토록 입에 달고 살던 '피곤'이라는 건가 싶었다. 이 정도 피곤이면 집에 가서 엄마한테 아로나민 골드를 하나 달라고 해도 되는지 궁금했다.

고단한 일터를 벗어나 집으로 돌아간 나는 다시 애가 되었다. 아빠 무릎에 앉아 오늘 하루 복지관에서 있었던 일을 조잘조잘 떠들어댔다.

"오늘 복지관에 방송국 사람들이 와서 우리들 사진 찍어 갔어."

엄마 아빠는 두 눈이 휘둥그레져서 무슨 일이있는지를 캐물었다. 나는 내가 제일 어른스럽고 똑똑해서 주인공으로 뽑혔고 가운데에 앉아 맛있게 밥 먹는 장면을 찍었다고 말했다. 엄마 아빠는 갈증 나는 표정으로 더 잘 설명해보라고 말했지만 나도 그 이상은 아는 게 없었다.

그 후로는 쭉 오매불망의 시간이었다. 언제 어디에서 어떻게 나올지 모르는 TV 속 내 모습을 찾으려고 툭하면 채널을 이리저리 돌렸다. 이골이 날 만큼 그 짓을 하다가 이제는 나의 촬영이 꿈이었는지 진짜였는지 헷갈리기 시작하던 때쯤이었다. 엄마가 TV를 보다가 "에라라?" 하더니 연이어 "어머머머?" 했다. 양말을 신다가 TV를 봤는데 아주 익숙한 애가 밥을 먹고 있었다. 내 옆에 앉아 게걸스럽게 밥을 퍼먹던 개였다. 엄마의 호들갑에 아빠가 양치하다 말고 칫솔을 입에 문 채로 달려왔다.

TV에서 플레이되는 영상은 아주… 아주… 묘했다. 화면 속의 우리는 바쁘게 밥을 먹고 있었고 잔잔한 음악이 깔렸다. 익숙한 성우의 목소리가 뭐라 뭐라 내레이션을 읊었고 이윽고 화면 전체를 꽉 채우는 전화번호를 끝으로 짧게 끝나는 영상이었다. 연이어 밝은 광고가 나왔다. 다음 광고가 나오고, 그다음 광고가 나오고. 광고가 다섯 개 넘게 나오는 동안에도 우리 셋은 하던 일을 멈추고 최면에라도 걸린 듯 TV 화면을 멍하니 바라보고 있었다. 가장 먼저 침묵을 깬 건 엄마였다. 엄마는 약간 울 것 같은 표정으로 말했다.

"결식아동 돕기 캠페인이네…."

나도 엄마처럼 울고 싶었다. 배신감에 치가 떨렸다. 웃는 얼굴로 순진한 나를 속여먹은 박 피디의 얼굴을 맵게 때려주고도 싶었다. 나는 정말이지 내게 닥친 이 참혹한 현실을 부정하고 싶어서 답을 알 것 같았는데도 굳이 아빠한테 물었다.

"아빠, 나 주인공 맞아?"

입가에 둘러진 흰 거품 때문에 아빠의 놀라 벙찐 표정이 만화영화의 한 장면처럼 보였다. 아빠는 느리게 대답했다.

"딸, 저거는 결식아동 돕기 캠페인이야."

나는 분했다. 그래서 내가 주인공이란 말인가 아니란 말인가! 사실 대답을 들을 필요도 없었다. 내가 봐도 주인공은 내가 아니었다. 30초 남짓 되는 영상은 주구장창 나아닌 다른 친구들 밥 먹는 모습만 보여줬고 나는 곁다리에 슬쩍슬쩍 걸려 있을 뿐이었다. 그나마 억지스럽게 걸려 있는 내 반쪽짜리 얼굴도 반갑지 않았다. 내가 봐도 너무 작위적으로 예쁜 척을 하고 있어서 부끄러움에 얼굴이 후끈거렸기 때문이다.

박 피디가 미워 죽을 것 같았다. 내가 주인공이라더니! 틀림이 없다더니! 가운데에 앉혀놓고선! 칭찬해놓고선! 방송국 놈아! 이 나쁜 놈아!! 나는 발을 쿵쿵 구르다가 결국 목을 놓아 울었고 엄마랑 아빠는 우는 나를 울 것 같은 표정으로 달랬다.

껵껵 울며 방송국 놈을 원망했던 어린 나는 자라서 방

송국 놈이 되었다. 그때를 생각하면 너무나 어이가 없어서 설레설레 도리질을 치게 된다. 어떤 촬영인지 설명도 없이 들입다 찍어 방송을 내다니. 그것도 보통 방송이 아닌 국민의 모금을 받기 위한 캠페인 방송으로 말이다.

언젠가 촬영 중 쉬는 시간에 이 얘기를 경력 30년 바라보는 카메라 감독님께 했더니 그는 옛날 생각 난다며 픽 웃었다.

"그때 방송하기 좋오았지~ 아주 주먹구구식이었단 말이야. 섭외? 그런 게 어디 있어요~ 식당이고 사람이고 무작정 그냥 찍어주세요, 하고 카메라 들이대는 거야. 어르신들 촬영이 특히 재미있었는데, 한적한 시골 마을 찾아가서 가타부타 없이 막걸리 대접해드리면 기분 좋게 취하셔서 할 말 안 할 말 다 하시는 거지. 시청률도 지금이랑 비교가 안 됐고. 호시절이었다 호시절."

참 나, 그때가 호시절이거나 말거나, 따지자면 호시절의 피해자라고 볼 수 있는 나는 나처럼 당했을 사람들을 생각하니 쓴웃음조차 나오질 않았다. 내 표정을 본 감독님이 말했다.

"강 작가도 똑같아. 어쩔 수 없는 방송국 놈이지 뭘~."

그때 식당 사장님이 짜증 가득한 목소리로 나를 불렀다.

"작가님! 곧 끝난다면서~ 언제 끝나는 거예요, 도대체?"

나는 부랴부랴 사장님 곁으로 다가가 갖은 아양을 떨며 말했다.

"아이고 사장님 곧 끝나요~ 이제 다 했어요! 진짜 진짜로! 음식 너무 예쁘게 나오죠~? 딱 한 번만! 따아악 한 번만 더 찍을게요! 이번엔 진짜로 약속!"

아까부터 계속 그 소리 하는 작가님은 거짓말쟁이라며 성내는 사장님을 달래고 또 달래면서 아, 지금 당장 아로나민 골드가 먹고 싶다고 나는 생각했다.

닭이 있어야 할 곳

건너편 횡단보도 앞에 닭이 있었다. 그러니까 살아 있는 닭이, 가슴을 앞으로 내밀고 뒷짐을 진 듯 당당한 자세로 고개를 이쪽, 저쪽으로 돌리며 오가는 사람들을 구경하고 있었다.

휴대폰으로 길을 찾던 쏜의 소매를 잡아당기며 말했다.

"저기 봐. 저거 닭이야?"

"닭이야?"

"닭 맞아? 닭이 왜 저기에 있어?"

우리는 닭을 보며 닭이 맞냐고 묻는 멍청한 질문만 번갈아 할 뿐이었다. 원래 가야 했던 방향을 잊고 홀린 듯

닭에게 다가갔다. 가까이 다가갈수록 닭은 정말 닭이었고 닭이 정말 닭이어서 나는 너무 놀랐다. 그와 나 사이의 간격은 이제 채 30센티미터도 되지 않았다. 그가 놀라 달아날까 봐 느리고 조용하게 쪼그려 앉았다.

"얘 왜 여기에 있는 걸까?"

내가 쏜에게 물었더니 쏜은 닭에게 물었다.

"너 왜 여기에 있니?"

닭은 우아한 자태로 우리의 질문을 씹었다.

횡단보도 앞에 난데없이 닭이 서 있는 것도 현실감이 없었지만 닭의 멋진 외모도 비현실성에 한몫을 했다. 닭에게도 직업이 있다면 그는 분명 영화배우이지 않을까 생각했다. 온몸을 덮은 풍성하고 부드러워 보이는 갈색 털, 오묘한 청록빛이 도는 꼬리, 덥수룩한 솜털 사이로 반짝거리는 검은 눈과 산딸기처럼 빨간 벼슬.

나는 그가 걱정되었다. 인도를 넘어가면 곧바로 교차로이기 때문이었다. 사방에서 정신없이 쏟아지는 차들을 보며 혹여 그가 차도로 발걸음을 옮길까 봐 발을 동동 굴렀다. 물가에 내놓은 애를 보듯 길가에 있는 닭을 바라봤다. 구청에라도 신고할까 했지만 하필 주말이었다. 그에게 조심하라고 말했다. 그는 이번에도 가뿐히 내 말을 씹고 그저 그윽한 눈빛으로 먼 곳만 쳐다볼 뿐이었다. 별수 없이 닭을 그대로 두고 약속 장소로 걸음을 옮겼다.

약속 장소에서 친구를 만났다. 그에게 방금 전 만난 닭 이야기를 했더니 그는 시큰둥한 얼굴로 말했다.

"걔, 요 앞 가게에서 기르는 닭이야. 가끔 나와서 산책 도 하고 주인이 부르면 말귀 다 알아듣고 들어가던데?"

주문한 채소 빈대떡이 나왔다. 두툼한 빈대떡을 조금씩 뜯어 먹으며 방금 전 내가 얼마나 철저히 인간적인 시선 으로만 닭을 보았는지 깨달았다. 아까 보았던 닭을 떠올 렸다. 상상 속에서 나는 닭과 대화했다.

"안녕, 다시 만났네. 반가워. 나는 강이슬이야. 너는 이 름이 뭐야?"

"나는 닭이야. 너와 대화하는 나는 세상의 모든 닭이야."

우리는 악수했다. 닭은 날개를 내밀었고 나는 허리를 굽혀 손을 내밀었다. 손끝에 만져지는 그의 깃털이 생경 하고 부드러웠다. 나보다 먼저 닭이 손을, 아니 날개를 거 두었다. 뒷짐을 진 그가 덥수룩한 솜털 아래 살짝 가려진 눈으로 나를 올려다보았다. 그의 검은 두 눈이 명징하게 빛나고 있었다.

"네가 길가에 있어서 무척 놀랐어. 차에 치일까 봐 걱정도 됐고. 이렇게 무사하다니 다행이다."

닭은 아무런 대답도 하지 않았다. 나는 멋쩍어서 뒤통수를 긁으며 헤헤 웃었다. 그러자 닭이 말했다.

"내가 어디에 있어야 하는데?"

닭의 질문에 말문이 막혔다. 마땅한 대답을 찾지 못해 어쩔 줄 몰라 하는데 닭이 먼저 입을 열었다.

"철창 안이지?"

부정할 수 없었으므로 나는 애매한 표정을 지어 보였다. 실로 나는 그가 시장이나 사육장이나 혹은 시골집 마당 한편의 녹슨 철창 안에 있지 않았으므로 그의 상황을 위태롭다고 여겼다. 그러나 내가 떠올린 곳들은 죄다 차가 쌩쌩 다니는 길거리보다 훨씬 더 불결하고 암울한 장소였다. 그런 곳을 닭이 있어 마땅한 곳이라고 여겼다니. 나는 어째서.

우리 사이에 어색한 공기가 흘렀다. 그것을 거두어보려고 말을 돌렸다.

"근데 너 정말 멋지다. 너처럼 멋진 닭은 정말 처음 봐."

"너는 살아 있는 닭을 본 적이 있니?"

"…"

물론 나는 살아 있는 닭을 본 적이 있었다. 수백, 수천, 아니 수만 명을 봤다. 스무 살 때 닭 공장에서 한동안 아르바이트를 했기 때문이다. 이른 아침, 공장은 수십 대의 닭 차로 붐볐다. 닭 차는 닭들로 그야말로 미어터졌다. 탈수로 죽은, 더위 때문에 죽은, 좁은 철창에 목이 끼어 죽은, 짓눌려 죽은 동지들을 별수 없이 짓밟은 채로 죽음을 목전에 둔 그들이 두려움에 울부짖었다.

나는 그 소리를 들으며 공장 안으로 들어섰다. 기계 돌아가는 소리에 닭들의 울음소리는 묻혔지만 그 굉음으로 가득 찬 공간에서 그들이 죽는 모습을 생생하게 보았다. 나는 죽은 닭들을 포장지 안에 담는 일을 했다. 간혹 듬성듬성 깃털이 붙은 채로 오는 닭들이 있었다. 목이 덜 잘린 채로 컨베이어벨트에 실려 오는 닭들도 있었다. 함께 일하는 반장 아주머니는 닭을 포장지에 넣기 전 완벽한 삼계탕용 닭의 모습을 만들 것을 당부하며 말했다.

"소비자들이 닭이 닭이었단 사실을 모르게 해야 해. 징그럽다고 컴플레인 들어와."

나는 소비자들이 닭이 닭이었단 사실을 알아채지 못하도록 깃털을 꼼꼼하게 뽑고 덜 잘린 목을 몸에서 뜯어내 완벽한 삼계탕용 닭의 모습으로 포장지 안에 담았다.

"네가 본 닭들은 죄다 암탉이야."

내 마음을 읽은 걸까 싶어 눈을 동그랗게 뜨고 닭을 바라보았다.

"말했잖아. 나는 세상의 모든 닭이야."

나는 그저 고요히 고개를 끄덕였다.

"수평아리들은 분쇄기에 던져져 갈려 죽거나 큰 통에 버려져 차곡차곡 쌓이다 무게에 짓눌려 죽어. 인간들에겐 필요 없는 존재들이거든. 그들이 별 탈 없이 자랐다면 나와 같은 모습일 거야."

마침 바람이 불었고 그의 깃털이 햇빛에 반짝이며 가볍게 흩날렸다.

나는 미안하다고 말했다. 그가 나를 똑바로 쳐다보았다. 무엇이 미안하냐고 묻는 표정이었다. 그러나 그는 다 알고 있었다. 인간이 무엇을 미안해해야 하는지, 무엇을 잘못하고 있는지 나보다 훨씬 더 잘 알고 있었다. 본래 고통을 주는 존재보다 받는 존재들이 고통에 대해 더 낱낱이 아는 법이니까. 고통을 준 존재들은 어떤 고통을 가하고 있는지 공부해야 겨우 알지만 고통을 받는 존재들은 피부에 촘촘히 스민 고통을 그저 고통스러워하며 죽을 때까지 살아야 하니까.

그가 말없이 뒤돌아 천천히 걸었다. 그의 뒷모습을 눈으로 좇았다. 그는 나와 처음 만났던 횡단보도 앞에 멈췄다. 가슴을 내밀고 뒷짐을 진 채로 먼 곳에 시선을 던졌다.

그때 횡단보도 건너편에서 누군가 흥분된 목소리로 말했다.

"저기 봐. 저거 닭이야?"

"닭이야?"

"닭 맞아? 닭이 왜 저기에 있겠어?"

★

아쉽지만 저는 당신과 함께할 수 없습니다

책을 낸 후 내 삶은 참 많이 변했다. 대부분 좋은 쪽으로 변했지만 딱 하나 싫은 점이 생겼다. 거절할 일이 많아졌다는 거다. 책을 내기 전엔 거절할 일이 없었다. 대신 거절당할까 봐 노심초사하며 부탁드릴 일들은 정말 많았다. '연예인님 우리 프로에 나와주세요' '카페 사장님 장소 대여 가능할까요?' '공무원님 명소 촬영 허가 부탁드립니다' '교수님 인터뷰 가능하실까요?' '대기업이시여 협찬 부탁드리옵나이다' 등등.

난 거절하는 방법과 부탁받는 기분은 몰랐어도 그 반대의 경우는 몹시 잘 알았다. 거절당할 때면 능숙하게 곧바로 '부탁 플랜 B'를 실행하는 내게 전전긍긍이라는 감정은 익숙하다 못해 지겨운 것이었다. '부탁'과 '거절'에 따라오는 어미가 '드리다'와 '당하다'인 인생은 충분하게 살았다는 생각이 들었다. 각각의 어미가 '받다'와 '하다'인 인생을 살 수 있다면! 아, 거절하는 삶이란 얼마나 고고하며 아름다운가! 나는 변태처럼 거절당할수록 거절하는 삶을 아름답게 미화하며 우러러보았다.

첫 번째 책 《안 느끼한 산문집》을 출간한 이후 여러 곳에서 출간, 연재, 강연, 방송 등 각종 제안을 분에 넘치게 받았다. 시간과 능력이 넘쳐나는 슈퍼히어로가 아닌 탓에 별수 없이 수락보다 더 많은 거절을 하며 살고 있는데, 바라고 기대했던 것만큼 기분이 썩 유쾌하지 않아 당황스럽다. 송충이는 솔잎을 먹어야 한다고, 그동안 거절당하기만 하다가 막상 거절을 하려니 해선 안 될 일을 하는 것처럼 느껴져 찝찝하고 무섭고 불편하다. 무엇보다 부탁하는 이들에게 감정이입이 되는 바람에 거절할 때마다 내가 나에게 거절당하는 것 같은 낭패스러운 기분에 휩싸인다.

모든 거절이 쉽지 않지만 특히 '작가님 책을 너무 재미있게 읽었습니다' 식으로 시작되는 제안 메일에 거절로

답해야 할 때는 기본 힘듦에 자괴감이 더해져 거의 실제
적인 고통을 느낀다. 단순한 거절이 아닌 고마운 독자의
기대를 맨바닥에 패대기치는 패륜적 행위처럼 느껴지기
때문이다. 어쨌든 그래도 용기를 내 거절 메일을 적는다.

나는 거절 메일 속의 내가 부끄럽다. 거절하는 나는 전
체적으로 거의 완벽하게 촌스럽다. 구구절절 말이 많기
때문이다. 늘어지는 말 때문에 제안을 거절한다기보단 어
째선지 거절을 부탁하는 꼴이 되어버린다(어이구 황송합니
다. 소인의 거절을 받아줍쇼).

종종 나의 첫 번째 거절 메일을 들여다본다. 그걸 가만
히 보고 있자면 나에게 제안을 한 출판사가 내 답장을 보
고 어떤 생각을 했을지 궁금해진다. 홀딱 깼거나, 제안을
후회했거나, 거절에 안심했을 것이다. 분명히.

전문은 부끄러우니까 일부만 옮겨보겠다.

안녕하세요! 강이슬입니다!

제 책을 재미있게 읽으셨다니 정말 정말 감사합니다.

책을 낸 지 얼마 안 된 터라 누군가 제 책을 읽고 있다는
사실이 정말 신기하네요!ㅠㅠ

사실 제가 출간 제안을 받은 건 처음인데요. (지금 작업하고

있는 출판사랑은 카카오 브런치북에서 대상을 받아 자연스럽게 이어
졌답니다!)

정말이지 꿈같고 몹시 설렙니다.

평소에 ○○출판사 책도 여러 권 읽어보았어요. 이렇게 짱
짱한 출판사에서 출간 제안을 받다니! 저는 성공한 사람
입니다. (와!!ㅎㅎㅎㅎ)

그런데 어쩌죠ㅠㅠ 함께 일하고 싶은 마음은 굴뚝같은
데…

(이하 생략)

다시 봐도 여러모로 굉장하다. 이토록 구린 내가 싫어
서 언젠가 프로페셔널한 메일 작성법 꿀팁을 검색해본 적
이 있다. 거기엔 용건을 첫 줄에 간단명료히 적으라고 적
혀 있었다. 그것을 시도 안 해본 건 아니지만 너무 차갑고
정 없고 어째서인지 싸가지까지 없게 느껴져서 안 프로페
셔널한 방법을 끝끝내 놓지 못하고 있다.

그래도 뭐든 하면 요령이 생기나 보다. 이제는 거절 메
일을 쓰는 데 예전처럼 긴 시간이 걸리지 않는다. 바보 같
은 이모티콘의 사용 빈도도 많이 줄었다(안 쓸 수 있는 방법
은 불행히도 아직 터득하지 못했다).

첫 번째 문단엔 제안에 대한 감사를 표하고 두 번째 문단엔 거절할 수밖에 없는 현재 상황을 (최대한 덜 구구절절하게) 적은 다음 마지막 문단에 최종 거절 의사를 표한다. 그중 마지막 문단을 쓸 때 가장 오래 걸린다. 내가 하고 싶은 말은 '정말 아쉽지만 이번엔 함께할 수 없습니다'인데 그 문장을 적기가 그렇게 힘이 든다. 〈쇼미더머니〉의 선글라스 낀 심사위원이 떠오르기 때문이다.

그러면 나는 '윽' 소리를 내고 타자 치던 손가락을 잔뜩 오그린 뒤 어떻게 하면 〈쇼미더머니〉스러운 느낌을 뺄 수 있을까 고민한다. 뾰족한 방법이 없을 땐 그냥 괄호를 치고 부연 설명을 한다. (에구… 꼭 오디션 프로그램 심사위원 같은 멘트라서 너무 부끄럽네요. ㅠㅠ)

'나는 왜 거절할 때마다 이렇게 찌질한가'를 분석해봤더니 초딩 때 〈바른 생활〉만 배워서 그렇다는 결론에 도달했다. 〈바른 생활〉은 고맙다고 말하는, 허락을 구하는 방법은 거의 세뇌 수준으로 가르쳐놓고 그만큼 중요하고 어려운 '멋지게 거절하는 법'은 알려주지 않았다(고 믿는다). 그래서 서점의 자기계발서 코너에서는 언제나 '거절해도 괜찮아' 유의 책들이 〈바른 생활〉만 배운 반쪽짜리 어른들을 기다리고 있는 것이다.

나는 언제쯤 거절 메일을 보낼 때 안 멍청이처럼 보일 수 있을까. 메일의 첫 줄을 용건으로 채우고 궁금한 점, 이를테면 돈이라든가 돈 같은 것들을 직설적으로 물어보고, 협상하고, 우는 모양의 이모티콘 없이도 거절 메일을 보낼 수 있게 될까.

시간과 경험이 나를 프로페셔널로 만들어줄까. 그래서 수락할 때도 거절할 때도 안 찌질할 수 있는 날이 언젠가 오긴 올까? 모르겠다. 그런데 가만, 앞으로도 거절할 일이 있을까? 어떻게 확신을 한담. 아, 내 인생에 부여된 거절의 기회를 이제 거의 다 썼을지도 모르는데, 얼마 되지도 않는 거절의 잔여량 때문에 괜히 힘 빼지 말고 그냥 늘 하던 대로 찌질하게 살까…. 삶, 너무 어렵다.

'아쉽지만 저는 당신과 함께할 수 없습니다'라는 멋지고 간결한 거절 멘트를 앗아 가는 바람에 안 그래도 어려운 삶을 더욱 복잡하게 만든 〈쇼미더머니〉의 제작진이 너무 밉다.

본캐와 신념

1년 반 동안 한 달에 한 번씩 〈한국일보〉 '2030 세상보기'에 칼럼을 연재했다. 〈'비건 지향'으로 살아본 한 해〉라는 글을 발송했던 날, 칼럼 담당자님께 연락이 왔다. '비건 지향'이 아닌 〈'비건'으로 살아본 한 해〉로 제목을 바꾸는 게 어떻겠냐는 용건이었다. 나는 비건이 되고 싶은 비건 지향인이므로 제목을 바꿔선 안 될 것 같다고 말씀드렸고 칼럼은 수정 없이 게재되었다.

나는 비건을 지향하고 있지만 비건이 아니다. 스스로를 비건이라고 칭할 수 없는 다양한 이유 중에 직업이 포함된다. 나는 여러 음식을 다루는 주말 예능 프로그램의 작가이다. 나의 업무 중 하나는 동물을 소비하고 더 나아가 그것을 독려하는 것이다. 그런 일을 하는 동시에 나는 비건에 관한 글을 쓴다. 이것은 명확한 위선의 삶이다.

나는 방송작가 일로 먹고산다. 글 쓰는 일을 사랑하지만 방송작가 일도 그만큼 사랑한다. 무엇보다 쓰는 일만으로는 생계를 유지할 수 없다. 쓰는 일은 내 삶을 기쁨으로 꾸며주지만 방송 일은 내 삶을 든든하게 끌어준다. 둘 중에 뭔가를 놓아야 한다면 나는 눈물을 머금고 쓰는 일을 놓아야 할 것이다. 그러므로 강이슬의 본캐는 방송작가이다. 그런데 요즘은 때아닌 정체성 혼란을 겪고 있다. 본캐와 신념이 자꾸만 부딪치기 때문이다. 비건을 몰랐을 땐 만족으로 충만했던 내 직업이 비건을 알고 난 이후로 많이 버겁다.

답사를 가면 이 식당 저 식당을 돌아다니며 여러 가지 음식을 맛봐야 한다. 일을 안 할 순 없으므로 덩어리 고기를 먹지 않는 선에서 타협을 보고 있지만, 사실은 육수를 입에 대는 일조차도 부담스럽다. 이제는 접시 위에 담긴 그것이 음식으로 보이지 않는데, 더 이상 그것이 맛있게 느껴지지도 않는데, 양념 맛을 뚫고 올라오는 비린내를 견디기 힘든데 일이므로 어쩔 수 없이 국물 한 수저를 떠

넘긴다. 나의 맛 평가는 어떤 객관성도, 조금의 쓸모도 없으므로 보고서에는 팀원들의 의견 위주로 적는다.

가끔은 요리 속에 있는 당면 한 가닥도 삼킬 수 없는 날이 있다. 그런 날은 팀원들이 먼저 알고 나를 배려한다. 그게 고마우면서도 그렇게 죄스럽다. 팀원들의 부담을 어떻게 해서든 덜어보려고 그들 몫의 공깃밥까지 내 앞으로 끌어와 꾸역꾸역 삼킨다. 그러면서 생각한다. 내가 있는 이 자리에 나 아닌 다른 작가가 들어온다면 모두가 행복하지 않을까.

한 달에 한 번 가는 식당 촬영에서는 먹는 장면을 찍는다. 나는 쌈을 싸는 요리를 촬영할 때가 가장 좋다. 내용물을 상추로 감추고 입에 넣으면 되니까. 그런데 그렇지 않은 날이 더 많다. 양념 묻은 고기를 입 안에 넣고 여러 번 씹는다. 부디 한 번에 오케이가 나길 빌며 최대한 맛있어 하는 표정을 짓는다. 내가 채식을 한다는 걸 아는 감독님과 피디님의 표정이 안쓰러움과 미안함으로 찌푸려지는 것이 곁눈질로 보인다. 이 팀의 방해자가 된 기분이 든다.

낙지 요리를 촬영한 날에는 꿈을 꿨다. 꿈속에서 나는 반려 낙지와 함께 살고 있었다. 우리 집에 놀러 온 친구가 내가 잠시 자리를 비운 사이 반려 낙지를 수조에서 꺼내

칼질을 했다. 잘게 잘린 다리는 상추가 깔린 흰 접시 위에서 참기름이 뿌려진 채로 꿈틀대고 있었고 머리는 끓는 탕 속에서 익어가고 있었다. 나는 반려 낙지의 끊어진 다리들을 어떻게 해서든 이어 붙여보려 애를 썼다. 끈적한 다리들은 이어지지 못하고 자꾸만 손아귀를 벗어나 팔목으로 미끄러지거나 바닥으로 낙하했다.

눈물범벅으로 잠에서 깨어 현실로 돌아왔을 때, 다리 사이에서 자고 있던 강짱을 끌어안았다. 뜨거운 짱의 체온과 부드러운 털의 촉감을 느끼니 두방망이질 치던 가슴이 조금씩 진정되었다. 영문 모를 짱은 귀찮은 듯 꼬리를 팡팡 치며 낮게 울었다. 오늘 낮에 열심히 촬영한 낙지 요리가 방송되면 얼마나 많은 사람들이 낙지를 먹고 싶어 할까 생각했다. 위선자의 밤은 그렇지 않은 자들의 밤보다 훨씬 길고 어두웠다.

TV를 켜면 예능 프로 중 열에 아홉이 먹방인 것만 같다. 먹는 걸 전면에 내세우지 않는 프로그램이라도 음식과 관련된 요소가 포함된 경우가 많다. 기획부터 함께 한 지금의 정든 프로를 떠나 터를 옮기더라도 같은 갈등을 겪을 거라는 자기합리화를 하며 명백한 위선을 멈추지 못한다. 본캐도 신념도 잘 지키고 싶었지만 둘 중 무엇도 잘하지 못하는 애매한 존재가 되었다.

본캐와 신념이라는 무거운 두 자루 중 어느 것 하나 놓지 못하고 질질 끌고 가느라 두 개의 포대 자루 밑바닥이 닳아 터진 것 같다. 터진 자루에선 소중한 것들이 줄줄 빠져나간다.

직업 때문에 비건에 발 들이길 망설였던 과거가 있다. 나는 위선자로 살고 싶지 않았다. 직장을 떠나지도 못할 거면서 수많은 사람들이 자긍심으로 일하는 일터에서 혼자 죄책감을 느끼는 내 모습은 내가 생각해도 꼴 같지 않았다. 그럴 바에는 아예 시작도 하지 않는 게 좋을 거라고 합리화했다.

그러나 인간 아닌 존재들이 인간 때문에 겪는 고통을 지켜만 보는 일은 인간으로서 너무 죄스러웠고 할 수 있는 일이라도 해보려고 비건 지향 생활을 결심했다. 비건 지향 생활을 하는 지금, 회사 일이야 살기 위해선 어쩔 수 없는 거라고 애써 믿고 개인적으로 할 수 있는 한에선 비건의 긍정적인 면을 알리고자 나름대로 노력하고 있는데, 그럴 때마다 나에게 과연 이럴 자격이 있는 건지 궁금해진다. 스스로가 뻔뻔하게 느껴져 자꾸만 작아진다.

그럼에도 비건 이야기로 칼럼을 게재하고 책을 쓰는 이

유는 비건이 아닌 누군가가 나를 얕보길 바라서이다. 비건계의 만만한 예시가 기꺼이 되고 싶다. 과거의 나처럼 비건이란 도덕적으로 완전무결한 존재일 거라고 오해하고 비건 세계에 발 들이길 주저하는 사람들이 나를 보고 '쟤 같은 위선자도 비건 지향을 한다는데 나라고 못 할 이유가 뭐가 있겠나'라고 생각하길 바란다.

낯섦을 통과하는 용기

밥을 먹는 동안 자꾸만 소름이 돋았다. 젓가락질 한 번에 소름 한 번, 젓가락질 두 번에 소름 두 번. 나는 옆에 앉은 박에게 내 팔 좀 만져보라며 오그라들어 오돌토돌해진 살갗을 거듭 내밀었지만 박은 본 척도 하지 않고 다만 휘둥그레진 눈으로 "이게 진짜 비건이라고?"만 여러 번 되뇌었다. 우리는 각자의 방식으로 감탄하며 접시 위의 음식을 천천히 비우는 중이었다.

그날의 메뉴는 비건 초밥이었다. 100퍼센트 식물성 재료로 논비건 초밥의 맛과 향을 재현했다는 후기를 보고 꼭 한 번 가보고 싶었던 식당이었는데 마침 서울에서 팝업스

토어를 열었다는 소식에 박에게 데이트 신청을 했다. 한강을 바라보며 우아하고 느긋한 식사를 하고 싶었는데 음식 맛이 너무 충격적이었던 탓에 우아함이나 느긋함은 진작 잊고 밥상머리에서 온갖 방정맞은 호들갑만 주구장창 떨었다.

연어 없는 연어 초밥에서 나는 연어 맛과 고기 없는 고기 초밥에서 느껴지는 숯불구이 맛을 먹으면서도 믿기가 힘들었다. 혹시 1년 넘게 채식을 한 탓에 논비건의 맛을 까먹어서 판단력을 잃은 건 아닐까 싶었는데 나보다 더 놀라워하는 박을 보니 그럴 리가 없었다.

달걀 없는 에그마요 초밥을 먹었을 때는 충격을 넘어서 의심이 밀려왔다. 달걀 알레르기가 있는 사람이 이걸 먹고도 멀쩡하다는 걸 두 눈으로 확인해야지만 진짜로 달걀이 들어가지 않은 달걀 초밥이라는 걸 겨우 믿을 수 있을 것 같았다. 달걀 없이도 달걀 맛을 내는 식당에 제 발로 찾아와서 달걀이 없는데 왜 달걀 맛이 나는 거냐며 의심까지 하고 있자니 엄청나게 꼬인 사람이 된 기분이었지만 쉽사리 흥분이 가라앉지 않았다.

접시 하나를 비우면서 "와 진짜 재밌다"라고 너무 자주 말하는 바람에 나중에는 박이 "혹시 백종원 씨 아니세요?"라고 말하며 웃었다. 음식을 재미있다고 느낀 적은 초등학교 때 슈팅스타 아이스크림을 먹은 이후로 처음이었다. 채소만으로 이렇게 다양한 맛을 낼 수 있다니, 생명을 해치지 않고도 충분히 인간의 혀를 만족시킬 수 있는 날이 머지않은 것 같아 가슴이 설렜다. 다시 생각해보니 식사 내내 몸이 떨렸던 이유는 소름이 아니라 전율 때문이었던 것 같기도 하다.

비건을 지향하기 전엔 내 삶에서 덜어내야 할 것들만 보여서 겁이 났다. 그런데 막상 실천해본 비건 생활은 풍요와 만족으로 삶의 구석구석을 살찌웠다. 비건을 지향하지 않았더라면 있는지도 몰랐을 비건 음식점들을 알았고, 그곳에서 색다르고 맛있는 비건 요리들을 경험했다. 안다고 생각했지만 실은 반도 모르고 있었던 채소의 맛과 식감에 쉴 새 없이 놀란다. 오감을 자극하는 다채로운 경험들 덕에 식탁 위에서 덜어낸 논비건 음식이 아쉽지 않다.

식탁마다 배치되어 있는 메뉴판엔 내가 논비건 초밥 대신 비건 초밥을 먹음으로써 열 명의 물 생물을 살렸다는 글귀가 적혀 있었다. 식탁 위에 오르는 대신 바다에 남은 그들이 가꾸어갈 지구의 생동을 상상하며 비건은 뭔가를 덜어내는 게 아닌 덤으로 얻어가는 행위임을 깨달았다.

나는 다시 한번 더 이상 비건을 미루지 않은 자신을 축하했다.

비건을 전혀 모르는 논비건이 이 음식을 먹는다면 어떤 반응을 보일지 궁금했다. 맛과 향은 꽤 비슷했지만 식감은 어쩔 수 없이 달랐다. 채식에 호의적인 사람이라면 어떤 비건 음식이라도 반가울 테지만 그렇지 않은 사람은 이 음식을 이질적이고 이상하다고 느낄지도 몰랐다. 아삭한 연어맛 초밥과 말캉한 장어맛 초밥을 먹으며 Y를 생각했다. 플랜트 와퍼가 죽기 전, Y와 함께 버거킹에 갔었다. 냄새와 식감, 맛까지 논비건 버거와 비슷한 플랜트 와퍼를 보고 신기해하면서도 잘 이해하지 못하겠다는 표정을 짓던 Y는 나에게 물었다.

"왜 그런 걸 먹는 거야?"

"'그런 거'라니?"

"가짜 고기 말이야. 너는 채식을 하잖아. 그럼 고기를 싫어해야 하는 거 아닌가? 왜 비건을 위해서 진짜 고기의 맛과 식감을 흉내 낸 식품들이 자꾸 나오는 걸까? 비건은 고기를 싫어하잖아."

"고기를 싫어하는 비건도 있지만 종교나 건강, 윤리 등 다양한 이유로 비건이 된 사람들도 많아. 나부터도 고기의 맛이 싫어서 비건이 된 게 아닌걸."

"아, 하긴 그렇겠다."

"한 입 먹어볼래?"

"으, 싫어. 나는 콩으로 만든 고기는 못 먹겠더라. 어릴 때 콩고기 먹고 체했어. 엄청 비리고 맛없더라고. 트라우마야. 나는 채식 절대로 못 할 것 같아. 이슬아 너 대단하다."

20년 전에 비해 많은 게 달라졌다고 말할까 하다가 그냥 묵묵히 플랜트 와퍼를 먹었다. Y와 헤어지고 나서도 플랜트 와퍼를 먹는 내 모습을 희한하게 바라보던 Y의 표정이 오래오래 떠올랐다.

나도 음식 앞에서 Y와 같은 표정을 지은 적이 있었다. 소주를 반주 삼아 들이켜는 아빠를 보며 '저렇게 쓴 걸 도대체 아빠는 왜 좋아할까' 어린 나는 생각했다. 생선회를 맛있게 먹는 부모의 행복한 얼굴을 보며 희끄무리 흐물텅하고 별맛도 없는 걸 먹으면서 어쩜 저럴 수 있지 몰래 경악한 적이 있었고, 삼겹살을 굽는 가족 모임에서 고집스럽게 딸기와 바나나만 먹으며 할머니가 입에 밀어 넣으려는 삼겹살을 한사코 거절했던 적이 있었다.

그랬던 내가 어느 순간 삼겹살에 소주로 스트레스를 풀고 생선회는 없어서 못 먹는 사람이 되었다. 갑자기 음식

맛이 변했을 리는 없었다. 변한 건 내 태도였다. 입을 앙다물고 절대로 먹지 않겠다고 버티는 대신 마음을 열고 여러 번 시도하는 동안 익숙해졌고 익숙해지니 맛있게 느껴졌다. 육식에 치우쳤던 식생활을 완전 채식으로 바꿀 때도 비슷한 과정을 거쳤다.

'낯섦' 앞에서 우리는 별수 없이 머뭇거리게 된다. 그것은 불투명한 장막처럼 진짜 세계를 가리기 때문이다. 내가 잘 아는 세계와 잘 모르는 세계를 가르고 있는 장막을 걷어내려면 크든 작든 용기가 필요하다. 배울 용기, 깨달을 용기, 바꿀 용기, 실패할지도 모르지만 일단 해보는 용기. 그러므로 낯섦은 반겨야 하는 기분이기도 하다. 낯섦이라는 건 뭔가를 처음 접할 때만 느낄 수 있는 감정이며 자신의 용기를 가늠해볼 수 있는 기회이므로. 그러니까 낯섦을 마주할 때마다 우리는 아직도 경험해본 적 없는 새로운 것이 있다는 사실에 조금 들떠도 괜찮지 않을까.

인간은 새로운 걸 알게 됨으로써 성장한다고 믿는다. 앎이라는 건 인생에 씌워지는 안경의 렌즈와도 같은 거라서 안경의 도수가 바뀔 때 그렇듯이 새로운 것을 알게 될 때마다 필연적으로 낯선 어지럼증을 느낀다. 그러나 그 어지럼증에 적응하는 '순간' 세상을 바라보는 시야가 달라지며 이전과는 다른 행동을 하게 된다.

그 반짝거리는 순간들 덕에 사람은 낡지 않을 수 있다. 그 순간을 경험하는 가장 간단한 방법 중 하나는 낯선 식탁 앞에 앉아보는 것이다. 수십 년간 익숙해진 행위에 변화를 주기로 결심할 때, 그리고 그 결심을 실천하면서, 우리는 익숙함에 안주하지 않는 스스로를 그야말로 밥 먹듯이 칭찬할 수 있다.

나는 익숙한 육식 위주의 식탁을 벗어나 낯선 채식에 발을 들이는 사람들이 많아졌으면 좋겠다. 육식의 시야로 채식을 보던 사람들이 채식의 시야로 육식을 바라보는, 유의미한 어지럼증을 경험해봤으면 좋겠다. 그리하여 장어 있는 장어 초밥 대신 장어 없는 장어 초밥을 선택해보는 사람들이 많아졌으면 좋겠다. 익숙한 자리에서 일어나 낯섦의 장막을 젖히면 이토록 풍요롭고 안전한 세계가 있다는 사실을 함께 알고 싶다.

✹

에너지 무료 충전소

다시 생각해도 믿을 수 없다. 거우 여섯 시간 교육 후 도로주행 시험에 합격하는 사람들이 있다는 사실 말이다. 여섯 시간이라니. 하루 권장 수면 시간보다 짧은 시간이 아닌가. 그 짧은 시간 동안 배운 운전 실력으로 운전면허증을 딴다니, 그 운전면허증이 도로 위에서 운전할 자격이 있음을 증명해준다니. 이게 과연 바르게 돌아가는 세상이란 말인가? 학원 필수 교육 시간을 늘려달라고 국민청원이라도 하고 싶었다. 아무튼 여섯 시간 교육으로 주행시험에 합격할 자신이 없었던 나는 보충수업을 추가했고 다음 수업을 한 달이나 미뤘다. 시간이 생기니 마음에 여유가 생겼다. 익산으로 가는 기차표를 예매했다. 아빠에게 운전을 배울 요량이었다.

평소 같으면 내가 집에 간다는 소식에 마냥 기뻐했을 아빠가 이번엔 우황청심환을 꼭 사 오라고 요청했다. 운전면허 학원비, 시험비, 재시험비, 보충수업료, 익산 가는 왕복 기차비, 아빠의 우황청심환 비용까지… 플라스틱 카드 한 장을 쥐기 위해 100만 원 가까운 돈을 써야 한다니. 굳이 없어도 되는 걸 갖기 위해 큰돈을 들이는 걸 사치라고 배웠다. 나는 사치 중인 걸까. 그런데 사치를 하면 기분이 좋아야 하는 거 아닌가? 기분이 구린 걸 보니 이건 감히 사치조차 되지 못하는 낭비인 게 확실했다. 그래도 운전면허를 핑계로 집에 갈 수 있는 건 좋았다.

기차역에 아빠가 마중 나와 있었다. 아빠의 품에 폭 안겨 운전 때문에 못 살겠다고 죽는소리를 했더니 아빠는 내 등을 투덕투덕 두들기며 아빠 친구 딸이 얼마 전에 운전면허를 땄으니 너도 할 수 있을 거라고 말했다. 운전 스트레스로 심기가 뒤틀린 내 귀엔 '아빠 친구 딸도 땄는데 네가 못 따면 내가 창피해서 어떻게 고개를 들고 다니겠니'로 들려서 입술이 삐죽 나왔다.

막상 아빠를 보니 운전을 할 생각이 싹 사라졌다. 얼마

만에 온 집인데 가능하면 스트레스 받을 일을 뒤로 미루고 좋고 행복한 것부터 하고 싶었다. 마침 엄마 퇴근 시간이었다. 엄마를 태우고 바다에 가자고 했다. 당장은 운전하지 않겠다는 내 말에 아빠가 안도의 한숨을 내쉬는 걸본 것 같은데, 착각이었을까?

엄마가 일하는 식자재 마트 앞에 차를 세우고 엄마가나오길 기다렸다. 내가 왔다는 걸 까맣게 모르는 엄마는특유의 잰걸음으로 식자재 마트를 나서고 있었다. 살금살금 걸어가 엄마를 뒤에서 확 껴안았다. 마트 사람들의 점심을 지어주는 일을 하는 엄마 몸에는 아직까지도 따끈한밥 냄새가 엷게 배어 있었다. 소스라치게 놀랐던 엄마는내 얼굴을 보고 더 놀란 기색이었다.

"너 왜 여기에 있냐?"

"몇 달 만에 본 딸한테 첫인사가 그게 뭐야~ 안 반가워?"

"좋아서 글치. 놀랐기도 하고. 언제 왔어?"

"방금. 엄마 데리러 왔어. 바다 가려고."

"바다? 흠… 이거 상할 텐데….''

엄마가 양손 가득 들고 있는 짐을 걱정스러운 듯 바라봤다.

"그게 다 뭐야?"

"너 온다고 해서, 나물거리랑 이것저것 샀지. 너 두부조림 먹고 싶다며."

빵빵하다 못해 곧 찢어질 것 같은 거대한 봉투 안에는 한식 뷔페를 차려도 너끈할 정도의 온갖 나물거리와 3킬로그램짜리 판 두부가 들어 있었다. 사랑하는 딸에게 고기를 먹일 수 없음이 못내 슬펐던 엄마는 내가 갈 때마다 온갖 비건 음식으로 본때를 보여준다. 이번에도 역시 엄마의 요리 폭격에 고통스러울 정도로 부른 배를 끌어안고 행복하게 앓아누울 게 뻔했다. 엄마 짐을 트렁크에 싣고 우리는 바다로 향했다.

"안 그래도 요즘 바다가 보고팠는디 잘됐다."

엄마의 편안한 미소를 보며 운전 연습을 뒤로 미루길 잘했다고 생각했다.

바다까지 가는 길은 막힘없이 뻥뻥 뚫려 있었다. 아빠가 이런 도로에서는 운전할 수 있느냐고 물었다.

"잘 모르겠어. 아직도 차선을 지키는 게 어렵더라고. 내가 선을 안 넘어가고 제대로 가고 있는지 전혀 감이 안 와."

"너 운전면허 따자마자 아빠랑 중고차 사러 가기로 했잖아."

"미쳤었나 봐. 절대 못 해."

"닥치면 다 하게 돼 있어."

문득 아빠의 첫 운전이 궁금했다. 나는 아빠의 첫 차를 생생하게 기억한다. 여섯 살 때였는데 퇴근한 아빠가 집으로 전화를 걸어 엄마랑 나에게 얼른 주차장으로 나와보라고 말했다. 엄마 손을 잡고 주차장으로 내려가니 아빠가 웬 흰 차 앞에서 의기양양한 표정으로 서 있었다.

"이슬아 우리 집 차다!"

흰색 중고 에스페로였다. 나는 드디어 우리 집에도 차가 생긴 게 기뻐서 차 주위를 팔짝팔짝 뛰어다녔다. 여름마다 떠나는 아빠 친구들과의 여행에서 유일하게 차가 없었던 우리 가족은 늘 아빠 친구 차에 둘씩 나눠 타야 했다. 그게 그렇게 속이 상했는데 이제는 이 흰색 차에 네 식구가 함께 탈 수 있게 된 것이다. 그런데 아빠는 그 차를 어떻게 집까지 끌고 온 걸까? 이제 와서 그게 궁금했다.

"아빠 그런데 그 차 어떻게 집까지 가져온 거야? 아빠 원래 운전할 줄 알았어?"

"못 했지. 그게 첫 운전이었어. 아는 선배한테 차를 샀는데 원래는 집까지 가져다주기로 했걸랑. 근데 술을 마셨다는 거야. 그래서 아빠가 운전했지 뭐. 오금이 다 저리더라고. 그런데 막상 닥치니까 어찌저찌 하게 되더라. 그러니까 큰딸도 일단 차를 사! 그럼 어쩔 수 없이 운전하게 돼 있어."

나는 고개를 단호히 젓고 말했다.

"지금이 1996년이고 내가 운전할 동네가 한산한 익산이라면 하겠어. 2021년의 서울이었다면 아빠는 차라리 차를 포기했을걸?"

엄마가 자길 닮아서 쟤 말발 좋은 것 좀 보라며 호탕하게 웃었다.

바다에 도착한 우리는 좀 출출했다. 차 안에서 부지런히 비건 옵션이 가능한 가게가 있는지 검색해보았으나 정말 단 한 군데도 없었다. 나는 못 먹더라도 부모님 드시고 싶은 한 끼는 대접하고 싶었다. 나는 맨밥에 단무지만 먹어도 괜찮으니 두 분 가고 싶은 식당에 가자고 거듭 말했는데 엄마 아빠는 집에 가서 함께 밥 먹자며 한사코 나를 말렸다. 쌍화차 한 잔씩으로 빈속을 대충 달랜 뒤 바다를 보는데 철썩철썩 파도 소리 사이로 엄마 아빠의 꼬르륵거리는 소리가 들려서 마음이 초조했다. 불효자가 된 기분이었다. 다른 비건들은 부모님과 여행할 때 어떤 식사를 하는지 궁금했다. 빈속에 차가운 바닷바람을 맞는 일은 이래저래 못 할 짓이었다. 춥고 배고팠던 우리는 진득하게 바다의 운치를 즐기지 못하고 서둘러 차에 올라타 집으로 향했다.

집에 도착하자마자 우리 셋은 각개전투로 요리를 시작했다. 아빠는 솥뚜껑을 닦았고 엄마는 두부를 졸이고 나물을 무쳤다. 나는 솥뚜껑 위에 구울 온갖 야채를 썰었고 솥뚜껑을 깨끗이 닦은 아빠는 그 위에 기름을 두르고 파전을 부쳤다. 날씨가 선선해서 마당에 자리를 펴고 앉았다. 금세 거대한 한 상이 차려졌다. 아빠가 내 컵에 맥주를 한가득 따라주며 말했다.

"그래도 술에는 고기가 안 들어가서 다행이다. 다 비건이지?"

"아냐 아빠. 논비건 술이 훨씬 많아. 비건인지 알아보고 마셔야 해. 오늘 사 온 술은 다 비건이야."

아빠는 술에도 논비건이 있다는 사실에 많이 놀란 눈치였다.

"동물이 안 쓰이는 데가 없구나? 과자에도 동물이 들어가는지 큰딸 때문에 알았어."

채소로만 차려진 푸짐한 밥상을 보며 동물의 희생 없이도 맛있고 부족함 없는 식사를 할 수 있는데 그동안 습관적으로 고기를 먹은 것 같다고 아빠는 말했다.

채식만 하는 데 어려움은 없냐고 엄마가 물었다. 식당 찾기가 힘들고 단체생활에서 조금 눈치 보이는 것 말고는 없다고 말했다. 엄마는 집에 자주 오라고 했다. 바깥에서 힘들게 밥 먹지 말고 엄마 아빠가 차려주는 뜨끈한 채식 밥상 받으러 자주 오라고. 순간 뭐가 그렇게 바빠서 집에 자주 오지 못했을까 후회가 되었다. 집에서 보내는 1박 2일의 짧은 시간 동안 나는 바깥에서 소진한 모든 에너지를 합친 것보다 더 큰 힘을 충전할 수 있는데.

엄마 아빠는 내가 와서 참 좋아 보였다. 보고 있어도 보고 싶은 우리 큰딸 많이 먹으라고 아빠가 버섯 쌈을 크게 싸서 내 입에 넣어주었다. 그것을 엄마 아빠의 사랑을 깨물어 먹듯이 꼭꼭 씹어 삼켰다.

오! 나의 캡틴

"딸, 일어나. 운전하러 가야지."

난데없는 아빠 목소리에 눈이 번쩍 뜨였다. 내가 덮고 있는 게 본가의 촌스럽고 오래된 꽃무늬 이불이라는 걸 확인하고 나서야 현실감각이 천천히 돌아오기 시작했다. 아, 나 운전 배우려고 익산에 왔지 참. 졸음을 쫓으려 눈을 비비며 아빠에게 물었다.

"지금 몇 시야?"

"응, 네 시 반."

"네 시 반? 새벽?"

"암만, 새벽이지."

"해 떴어?"

"안 떴지."

"지금 운전을 하자고?"

"그럼 해 다 뜨고 차 많을 때 하게?"

새벽 네 시 반이라니. 내가 운전대를 잡는 동안 그 어떤 차도 마주치지 않겠다는 아빠의 강한 의지가 느껴지는 시간이었다. 바깥은 아주 깜깜했다. 아빠가 생초보 운전자 딸에게 품고 있는 불안도 아마 이렇게 어두운 컬러겠지. 자다 깬 강아지들이 이게 웬 떡이냐는 표정으로 산책을 기대하며 데크를 바쁘게 뛰어다녔다.

"형통, 해피, 소망. 산책은 이따가 와서 하자. 부디 언니가 사고 안 나고 멀쩡히 돌아와서 산책할 수 있도록 기도해줘."

잔뜩 흥분해서 엉겨 붙는 애들을 억지로 떼어내며 조수석에 몸을 실었다. 화려한 핸들링으로 마당에서 차를 빼는 아빠의 옆모습을 감탄하며 쳐다봤다.

"나는 왜 아빠를 닮지 못했을까."

"그럼 네가 누굴 닮았는데?"

"엄마랑 똑같지 뭐."

"느이 엄마 운전 잘해 인마."

"겁이 많잖아."

"근데 한 성깔 하잖냐. 너도 엄마 성깔 빼다 박았어. 막상 운전대 잡으면 잘할 거면서."

성깔이랑 운전이 무슨 상관인지 모르겠다고 생각하면서 차창 밖을 응시했다. 가로등 하나 없는 깜깜한 길에서 운전을 하는 게 과연 맞는 일일까 싶었지만 그래도 어둠이 다른 차보단 덜 무서웠다. 블루투스 스피커를 연결해 김창남의 〈선녀와 나무꾼〉을 틀었다. 아빠가 의외라는 표정을 지었다. 어릴 때 아빠 차에 타면 꼭 듣던 노래였다. 그 노래를 들으면 흰 에스페로 뒷좌석에서 동생과 투닥거리던 옛 생각이 난다. 젊었던 아빠의 뒷모습도.

아빠가 콧노래를 흥얼거렸다. "그러던 어느 날 선녀가 떠나갔어요~" 아빠의 주름진 옆 모습을 잠시 바라보다가 나도 작게 노래를 흥얼거렸다. 옛날에는 아빠만 부르던 노래였는데 이제는 나도 가사를 안다.

공설운동장에 도착한 우리는 자리를 바꿔 앉았다. 공설운동장은 익산에 사는 초보 운전자들의 운전 순롓길이다. 차선이 잘 되어 있고 넓어서 유턴 및 차선 변경 연습을 할 수 있는 이곳에서 한번쯤은 모두 벌벌 떨며 운전을 한다.

우리 엄마도 이곳에서 운전 연습을 했다. 그날이 아직

도 또렷하다. 아빠가 조수석의 엄마랑 자리를 바꿔 앉더니 뒤에 앉은 나와 동생에게 내리라고 말했다.

"왜 내려? 우리도 타 있으면 안 돼?"

"안 돼. 다쳐도 아빠만 다쳐야지."

동생이 끝끝내 내리지 않겠다고 생떼를 부리며 울기 시작했다.

"얘 우는데?"

'우는 애를 내가 어떻게 달래?' 하는 표정으로 아빠를 쳐다보니 아빠는 어쩔 수 없다는 표정으로 말했다.

"그럼 얌전히 있어야 해. 엄마 집중해야 하니까."

우리는 조용히 할 테니까 조심히 운전하라고 엄마한테 말했다. 엄마는 필요 이상으로 비장한 강씨 세 명을 픽 비웃으며 말했다.

"으이구 하여튼 강씨들 겁은 많아가지고."

공설운동장 한 바퀴를 돌았을 때 나와 동생은 토하기 직전의 얼굴로 이제 우리를 제발 내려주고 아빠 혼자 타라고 애원하고 있었다. 엄마가 구간마다 하도 급브레이크를 밟아대는 통에 배 속에 있는 음식물이 튀어나올 것만 같았다. 아빠는 축구장 입구 계단에 우리를 앉히고 다시 차로 돌아갔다. 아빠는 조수석 문을 열기 전 잠시 뒤돌아 우리를 보더니 전쟁터에라도 끌려가는 사람처럼 슬프고 복잡한 표정으로 말했다.

"엄마 아빠가 못 돌아오더라도 이슬이가 동생 잘 돌봐 줘야 한다. 은혜는 언니 말 잘 듣고. 그리고 팬티는 두 번째 서랍에, 양말은 맨 아래 칸에 있다."

엄마가 작작 하라며 짜증 내는 소리가 들렸다. 아빠의 장난을 이해하지 못한 동생은 벌써 울먹이고 있었지만 자신도 타겠다는 말은 절대로 하지 않았다.

운전석에 앉아서 안전벨트를 매는 내 모습을 보며 아빠는 잠시 감격스러운 표정을 지었다. 부디 아빠의 감격이 오래가길 바라면서 시동을 걸고 액셀을 밟았다. 공설운동장을 크게 몇 바퀴 돌면서 유턴도 하고, 신호등 시뮬레이션도 하고 차선 변경도 했다. 처음으로 운전이 재미있게 느껴졌다. 생각보다 별거 아니라는 생각도 들었다.

"딸 잘하네, 괜히 걱정했네."

"그러니까 왜 이렇게 쉽지?"

"거봐. 닥치면 잘한다니까?"

"아빠. 그런데 닥치면 잘한다는 거 있잖아. 옆 사람이 닥치면 잘한다는 뜻이야 혹시?"

아빠가 그것도 어느 정도 맞는 말이라며 막 웃었다. 만약 매트릭스랑 디스가 조금만 닥칠 줄 아는 사람들이었다면 난 운전대 앞에서 좀 덜 떨었을까.

"못하는 사람한테 못한다고 말하는 게 무슨 소용이여. 잘하는 방법 알려줄 거 아니면 닥쳐야지."

아빠 말에 적극 공감하며 속으로 다짐했다. 누구보다 떨고 있을 초보자 옆에서 닥칠 줄 아는 사람이 되자고.

어느새 동이 트고 있었다. 붉은 기운에 어둠이 물러갈 무렵, 트럭 몇 대가 공원으로 들어왔다. 공단으로 가는 차들이라고 아빠가 알려줬다. 이제 그만 내릴까 했는데 아빠가 한 바퀴만 더 돌고 가자고 했다.

"어차피 시험 볼 땐 도로에서 해야 할 거 아녀? 차 있을 때도 해야지."

내가 얼어붙자 아빠가 말했다.

"아빠 있으니까 괜찮아."

주책맞게도 그 말에 눈물이 날 것 같았다. 왜냐하면 난 정말 아빠만 있으면 다 괜찮은 사람이니까. 나의 캡틴, 나의 대장, 나의 아버지를 조수석에 싣고 씩씩하게 액셀을 밟았다. 차 옆을 슝슝 지나치는 트럭이 이상하리만치 만만하게 느껴졌다.

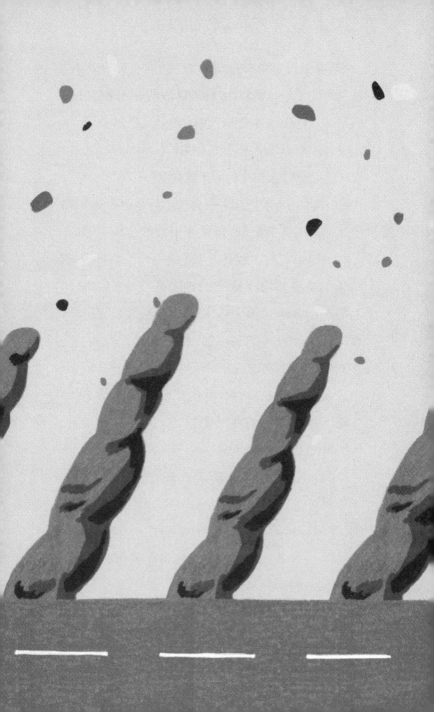

3장
작은 시작에 큰 박수를

자신을 믿어주는 연습

안 그래야지 하면서도 수시로 하는 실수는 기분 좋으면 앞뒤 없이 모든 일에 콜을 외치는 것이다. 이런 나에게 가장 독이 되는 건 아무래도 술이다. 안 그래도 기본값이 하이 텐션인 나는 술에 취했다 하면 미친 텐션의 '좋아좋아맨'이 된다. 아무리 좋은 게 좋은 거라지만 술 취했을 때 외치는 '좋아좋아'가 정말 좋은 건지는 잘 모르겠다. 거저 먹는 공짜 좋음이 아니기 때문이다.

취기로 인해 더해지는 흥은 미래의 강이슬에게서 훔쳐온 것이다. 용기도 훔친다. 깡도 훔친다. 평균치 이상의 흥과 용기, 깡으로 무장한 나는 거절을 모른다. 할 수 있을지 없을지 깜냥을 헤아리는 절차를 가볍게 쌩까버리고 일단 외치는 것이다. "좋아요! 할게요! 아 무조건요!" 그래서 술이 깬 미래의 나, 홍도 용기도 깡도 전날 밤의 도둑놈에게 모조리 빼앗긴 빈털터리의 나는 육체적으로도, 관용적 표현으로도 골치가 아픈 상태이다.

아무튼 그래서 비건 강연을 하게 되었다. 언젠가 애정하는 술집, 아니 술도 팔고 책도 파는 독립서점 살롱드북에 북토크를 갔다가 이어진 사장님과의 술자리에서 좋아좋아 맨은 말했다.

"언니가 부르면 무조건 오케이! 좋아요, 너무 좋아요. 아무 때나 언제나 불러주세요!"

그 후로 한참이 지나 살롱드북 사장님께 카톡이 왔다.

작가님 잘 지내시죠~? 제가 허락을 구하지 않고 일단 독립서점 지원사업에 비건 강연을 주제로 지원했는데 덜컥 되어버렸네요. 시간이 되신다면 꼭 함께했으면 좋겠어유 ^^;;

당황할 새도 없이 사장님이 보내주신 강연 세부 내용을 살펴봤다.

여러 환경문제와 동물권에 대한 관심이 급증하는 요즘, 비건 지향적 삶에 관해 이야기를 나눠봅니다. (…) 작가와 함께 공존과 미래에 관해 진지하게 고민해보는 시간을 마련했습니다.

공존과 미래라니! 아직도 좌충우돌 중인 1년 차 비건 쪼렙이 감당할 수 있을까 싶은 엄청나게 거창한 내용에 경악하고 말았다. 사장님은 부담스러우면 정말 안 해도 된다고 했지만 뱉은 말이 있는 죄인이었으므로 하겠다고 대답했다. 쓸데없이 약속을 잘 지키는 내가 싫었다. 두 눈을 질끈 감고 이마를 감싸 쥐었다.

아, 나는 이제 어쩌면 좋단 말인가. 아무리 관종 끼가 넘치는 뻔뻔한 인간이라지만 이건 좀 아닌 것 같았다. 내가 봐도 내 이름을 건 비건 강연은 이제 막 피아노를 배운 사람이 개최하는 단독 연주회만큼이나 신뢰성이 없어 보였다. 안 그래도 걱정스러워 죽겠는데 지독한 상상력이 펼치는 최악의 시나리오 때문에 더 괴로웠다. 꼬리에 꼬리를 물고 이어진 끔찍한 상상이 기어이 서점 문을 열고 들어온 스님, 누가 봐도 평생 고깃국 한 모금 안 잡수셨을 것 같은 비건 끝판왕의 아우라를 펄펄 떨치는 스님이 '비건 강연 들으러 왔습니다'라고 말하며 두 손을 모아 합장하는 데까지 갔을 때 나는 쥐어짜는 듯한 비명을 지르며 내 옆통수에 꿀밤을 먹였다. 머리통에서 깡깡 빈 깡통 소리가 나는 것 같았다.

그래도 내가 싼 똥이니 내가 치워야 했다. 똥에 질려 더 큰 똥을 싸버리는 건 안 될 일이었다. 두 달 남짓 준비할 시간이 있었다. 이제 와 징징대보자면 그 두 달 동안 나는 나태지옥을 간접 체험했다. 전생에 게으르게 살고 죽어버린 내가 끝도 없이 일해야 하는 지금의 지옥에 떨어진 건 아닐까 싶을 정도로 몸살 나도록 몸과 마음이 바쁜 나날들이었다.

당시의 내 상황을 짧게 설명하자면 나는 tvN 〈놀라운 토요일〉과 놀토의 스핀오프인 TVING 〈아이돌 받아쓰기 대회〉 일을 병행하고 있었으며 동시에 잡지와 신문사, 두 개의 매체에 한 달에 한 번씩 연재를 했고 그러면서 신간을 준비하고 있었다. 그리고 운전면허… 젠장, 운전면허 시험을 앞두고 있었다.

하루 종일 치여 살다 새벽이 다 되어 누우면 이불을 덮기도 전에 가위에 눌렸다. 귓가에 속살거리는 소리가 정말로 생생하게 들렸던 것이다. '동물은 불쌍하고 양파는 안 불쌍한가요?' '평생 채식한 스님이 온갖 합병증에 걸렸다는 얘기 아세요?' '고기 안 먹는다고 세상이 바뀌나요.' '인간은 잡식동물이잖아요.' '사자가 토끼를 잡아먹는 건 괜찮나요.' 결국 이부자리를 박차고 일어나 책을 펼치고 앉아 균형 있는 비건 식단과 동물권과 공장식 축산업이 환경에 끼치는 악영향 등을 수험생의 자세로 공부했고 그러다 보면 날이 밝기 일쑤였다. 그렇게 만든 강연 자료는 과연 한 시간 동안 다 말할 수 있을까 싶을 정도로 터질 듯 두꺼웠지만 자료의 부피가 커질수록 자신감은 끝도 없이 얇아지기만 했다.

강연을 며칠 앞두고 논문 같은 자료를 다시 한번 검토했다. 분명 열심히 준비했음에도 여전히 불안했다. 시간이 모자랐던 것일까. 더 많은 자료가 필요한가? 불안의 근원을 고심하다가 이건 애초에 글러먹은 계획이었다는 사실을 알아챘다. 이게 뭔 짓이란 말인가. 강연 날은 제법 쌀쌀한 금요일 저녁이었고 비 예보까지 있었다. 소중한 불금에 비바람을 뚫고 부러 찾아와서 듣는 얘기가 책과 인터넷에서 쉽게 찾아볼 수 있는 내용을 짜깁기한 거라니. 아늑한 침대에 누워 휴대폰으로 몇 분만 검색하면 나보다 훨씬 똑똑한 사람들이 정리해놓은 글이며 영상을 볼 수 있을 터였다.

꼭 도둑질한 남의 지식으로 남의 시간을 도둑질하러 가는 날강도가 된 기분이었다. 나는 똑똑하거나 완벽한 비건이 아닌데 내가 준비한 자료는 너무 똑똑하고도 완벽해서 도무지 내 것처럼 느껴지지 않았다. 이 방대한 자료들을 등에 업고 똑똑한 비건인 척 눈속임할 수는 있을 테지만 나까지 속일 수는 없었다. 부끄러울 게 뻔했다.

마음이 조급해지니 오랫동안 앓아온 병이 다시 도졌다. 이름하여 '낙관의 병'이었다. 초조할 때면 도지는 병으로 '아무튼 잘되려니' 대책 없이 믿게 되며 알 수 없는 흥분에 작업 능률이 올라 벼락치기 시 유용하다. 하여튼 낙관의 병을 무기 삼아 그동안 준비한 자료들을 과감하게 치워버리고 나라서 할 수 있는 얘기들로 새로운 자료를 꾸리기 시작했다.

좌충우돌 초보 비건 지향인의 우여곡절과 내가 얼마나 자주 흔들리고 넘어지는지, 내가 얼마나 바보 멍청이 같은 짓을 했는지에 대해서 샅샅이 까발리는 중인데도 타자기를 두드리는 손가락에 자신감이 붙었다. 이 시점에 가장 생생하게 할 수 있는 이야기들이었기 때문일 것이다. 다 준비하고 나니 이건 강연이라기보다는 토크였다. 비건 토크라니 더 좋았다. 수다 떠는 데는 둘째가라면 서럽다.

강연 날, 집을 나서기 전 가죽 가방을 매고 가죽 부츠를 신었다. 각각 한지와 나무로 만든 비건 가죽 제품이었다. 동물 가죽보다 열 배쯤 더 멋진 비건 가죽 제품 소개로 말문을 틀 셈이었다. 며칠 만에 만든 자료를 들고 비건 토크가 열리는 서점으로 향하는데 거짓말처럼 하나도 불안하지 않았다. 잘할 수 있다는 확신으로 가슴이 콩닥거렸다. 내 얘기를 나보다 더 잘할 수 있는 사람은 없을 거였다.

신청자로 꽉 찬 서점에 걱정했던 비건 만렙 스님은 없었고 나의 바람처럼 비거니즘을 궁금해하는 사람들이 있었다. 꼭 1년 전의 나를 보는 것처럼 반가웠다. 그때의 나에게 필요했던 말을 했다. 완벽해야 한다는 강박을 지우자고. 완벽하지 않아도 정말 괜찮다고. SNS에 논비건 음식을 전시하지 않는 일, 일회용품을 일부러 쓰지 않고 동물의 털이나 가죽이 들어간 제품을 사지 않는 일부터 천천히 시작해보자고 말했다. 1년 동안 직접 만들거나 사 먹었던 비건 음식 사진들을 보여주며 채식의 다채로움을 이야기했다. 매일 도시락을 싸는 번거로움과 뿌듯함, 채식을 하는 중이라고 말할 때마다 마주치는 상대방의 의아한 표정, 채식을 시작하고 나서야 비로소 들여다보게 된 동물들의 진짜 삶에 대해서도 얘기했다.

한 시간 동안의 비건 토크는 무사히 끝이 났고, 참석한 사람들이 떠나기 전에 한마디씩 건넸다.

"오늘 강연 좋았어요. 저도 천천히 시작해보고 싶어졌어요."

"가방은 어디에서 사셨나요? 선물해주고 싶은 사람이 있어서요."

"비거니즘이 생각만큼 어려운 일이 아닌 것 같다고 생각했어요."

마스크를 눈까지 뒤집어쓸 수 있다면 얼마나 좋을까 싶었다. 그들이 건네는 말 한 마디 한 마디가 과분할 정도로 따뜻해서 눈물이 날 것 같았기 때문이다.

잘할 수 없을 거라고 생각했던 일을 무사히 잘 마치고 집으로 돌아오는 길, 서점 사장님의 목소리가 귓가를 맴돌았다.

"이슬 작가님만 들려줄 수 있는 이야기여서 참 좋았어요. 역시 잘할 줄 알았어."

사장님의 마지막 말, "역시 잘할 줄 알았어"라는 말을 곱씹으며 결국 스스로의 자격을 의심했던 건 자신뿐이었다는 걸 깨달았다.

　종종 할 수 없는 일과 너무 잘하고 싶은 일을 구별하지 못한다. 너무 잘하고 싶은 일 앞에선 자신을 과도하게 검열하기 때문이다. 그 함정에 빠져버리는 순간 '잘하고 싶은 일'은 순식간에 '할 수 없는 일'이 되어버리곤 한다. 얼떨결에 받아들인 강연 제안이었지만 내가 만든 한계를 부숴보는 좋은 경험이었다. 그동안 자신에게 지나치게 야박했던 스스로를 반성했다. 잘 해내고 싶은 일 앞에서 자신을 깎아내리며 '셀프 야박'을 주지 말자고, '그러니까 못하는 이유'보다 '그럼에도 할 수 있는 이유'를 끈질기게 탐색하자고 나 자신과 새끼 손가락을 걸었다.

딱 좋은 온도

모처럼 촬영이 일찍 끝난 날이었다. 원고를 쓰며 저녁 시간을 보낼까 했지만 이른 아침부터 현장에서 진을 뺀 내 육신엔 책상 앞에 앉아 씨름할 여력이 더 이상 남아 있지 않았다. 당장이라도 집에 가서 뻗어버리고 싶은 묵직한 피곤함이었지만 황금 같은 금요일 저녁을 그런 식으로 보내긴 또 싫었다. 쏜을 만나고 싶었다. 피곤할 때면 더욱 쏜이 보고 싶다. 그 애랑 함께 있을 땐 아무것도 애쓰지 않아도 되니까. 목적지 없이 걷고 이유 없이 웃다가 조건 없이 사랑한다 말하는 동안 몸과 마음은 사정없이 충전된다.

마침 쏜이 근처에 있었다. 걔가 있는 곳으로 걷는데 벌써부터 에너지가 솟았다. 이 정도 에너지라면 한 꼭지도 더 쓸 수 있을 것 같았다. 코앞에 닥친 마감을 생각하니 심장이 쪼그라드는 것 같았다. 노트북도 가져왔겠다 카페에 앉아 글을 쓸까 하다가 곧바로 마음을 고쳐먹었다. 피를 타고 돌며 온몸 구석구석을 번쩍이는 이 형형한 생기는 쏜으로 인한 플라세보 효과라는 것을 잘 알았기 때문이다. 쏜과 약속을 취소하자마자 에너지는 언제 있었나 싶게 공중으로 흩어질 것이다.

멀리서 손을 흔드는 쏜이 보였다. 나는 애처럼 달려가 쏜의 목에 매달렸다. 키도 덩치도 나보다 훨씬 큰 쏜이 내 허리를 껴안고 번쩍 들어 한 바퀴 빙그르르 돌렸다. 우리가 봐도 눈꼴신 만남이었다. 꼴값을 떠는 우리가 꼴같잖았고 그래서 더 좋았다.

"우리 오늘 뭐 할까?"

"뭐 하고 싶어?"

"몰라."

"좀 걷자."

일주일 만에 만난 쏜은 지난 주보다 더욱 날렵해 보였다.

"너 살 빠진 것 같아."

"겨울이니까."

"그게 무슨 상관이야?"

"너무 춥잖아."

쏜이 이유랍시고 말하는 것들은 대부분 빈틈투성이이다. 그 헐거운 대답을 할 때 쏜이 짓는 표정은 쓸데없이 진지해서 나는 자주 아리송하다. 가짜 같은 오디오와 진짜 같은 표정 사이의 묘한 설득력에 그날도 어김없이 넘어간 나는 "그렇군" 대충 대답하고 고개를 끄덕였다.

설렁설렁 걷다가 타로 가게를 발견했다. 직업운, 애정운, 인간관계, 고민 상담을 단돈 5천 원에 다 봐준다는 매혹적인 문구가 심각한 궁서체로 쓰여 있었다.

"너 타로 본 적 있어?"

"응. 몇 년 전에 친구랑 재미로 봤는데 다 틀렸어."

"나도 스무 살에 사귀던 남자 친구랑 커플 타로 본 적 있는데 다 틀렸어."

타로는 믿을 수 없다는 얘기를 하면서 우리는 타로 가게 문을 열고 들어갔다. 궁서체는 다시 봐도 무척 믿음직스러웠다. 가게 내부는 작았고 구수한 보리차 냄새가 났다. 우리가 사장님 맞은편에 앉자마자 사장님은 낡은 타로 카드를 착착착 정리하면서 무엇이 궁금하냐고 물었다. 궁금한 게 없었던 나는 되레 무엇을 물어보면 되겠느냐고 물었다.

"커플 타로 보시겠어요?"

"뭘 알 수 있나요?"

"미래?"

그러겠다고 했다. 그가 카드 꾸러미를 주르륵 펼쳤다.

"왼손으로 각자 여섯 장 뽑아주세요."

나는 꼭 왼손을 사용해야 하는 이유가 뭘까 궁금해하며
여섯 장의 카드를 빠르게 골랐고 쏜은 마치 우리의 미래
가 자신의 왼손에 달려 있기라도 한 듯 세상 신중한 태도
로 천천히 여섯 장을 뽑았다.

"사권 지 얼마 안 됐죠?"

3년이라는 시간은 짧은 걸까 긴 걸까. 그래도 내 생의
10분의 1 가까이 만난 사이인데 아무래도 길지 않나 싶어
도리질을 하려다가 확신에 차서 말한 사장님이 민망할까
봐 짧은 시간인 걸로 타협하기로 했다. 쏜도 같은 생각을
했는지 흔들리는 눈빛으로 보일 듯 말 듯 고개를 끄덕거
렸다.

"어쩐지 아주 뜨거운 사이라고 나와요."

"그… 그래요…?"

뜨겁지도 차갑지도 않은 적절한 우리의 온도가 만족스

러웠던 나는 당황한 나머지 말을 더듬었다. 쏜을 쳐다봤더니 애는 뭔 생각인지 사장님의 용함에 깊게 감명한 눈빛으로 고개를 끄덕거렸다.

타로는 맞는다고 생각하면 다 맞는 것 같고 틀리다고 생각하면 다 틀려 보인다는 점에서 약간 심리테스트 같은 구석이 있다. 고작 5천 원에 미래를 점치러 온 사람치고 나는 너무 빡빡하게 굴고 있었다. 쏜처럼 마음 놓고 홀딱 순진해지는 것도 나쁘지 않을 것 같아서 나는 의자를 바싹 끌어당겼다.

"남자분이 훨씬 더 섬세하고 여리네요. 여자분은 완전 장군감이고. 여자분이 뭐랄까 남자분이 감당하기엔 너무 짓궂어요."

우리는 동시에 "맞아요" 하고 맞장구를 쳤다. 별 탈 없이 연애하는 우리에게 가장 큰 산은 다름 아닌 나의 장난기였다. 나는 농담 없는 삶은 무의미하다고 생각하는 사람이고 쏜은 농담과 진심이 늘 헷갈리는 사람이다. 내가 쏜에게 농담을 걸면 쏜은 진중하게 그것이 진심이냐고 물어보고 나는 진심 아닌 농담이었다며 내 농담을 설명하다가 기똥찬 내 말장난에서 재치가 빠져나가는 상황에 참담함을 느낀다. 한번은 이런 적이 있었다. 쏜과 초등학교 근처를 거닐다가 내가 물었다.

"너도 초등학교 때 축구나 농구 그런 거 했어?"

"아니. 나는 어릴 때 키도 작고 왜소해서 얌전히 운동장 구석에 있는 애였어."

"그럼 책 읽었어?"

"아니. 그냥 구석에 혼자 있었어."

"안 심심했어?"

"별로."

"너 구석에서 친구들 몰래 개미 먹었지? 흙도 먹고!"(웃기다고 생각해서 한 말이다.)

"개미 먹어봤지. 약간 신맛이 나."(몹시 진지한 얼굴이며 진짜다. 진짜로 쏜은 개미를 먹고 자랐다.)

"흐… 흙도 엄청 먹었지?"(살짝 당황했지만 여전히 놀리고 싶다.)

"흙은 정말 안 먹었어."(내가 오해했다고 생각하고 진지하게 해명하는 중이다.)

"에이~ 거짓말 너 흙 많이 먹었을 것 같은데? 콧물 막 흘리면서 바보처럼!"(신나서 흙 퍼먹는 시늉까지 하며 놀리는 중이다.)

"흙은 정말 안 먹었는데. 왜? 내가 흙 퍼먹었을 것 같아?"(상처받았다.)

"아니 그렇진 않아…."(상처받은 표정에 당황했다.)

"…."(내 말의 저의를 곰곰이 생각 중이다. 이럴 땐 안 그래도 적은 말수가 아예 사라져서 날 불안하게 한다.)

"농담이야. 진짜로 그냥 놀린 거야."

"그래?"

"응, 농담이라니까."

"그게 재미있는 농담인 거지?"(궁금해한다.)

"흙이랑 개미가 너무 말도 안 되는 말이잖아. 말이 안 되는 얘기라서 되레 웃긴 건데…."(농담이 농담인 이유를 설명 중이다.)

"하하하."(나를 위해 가짜로 웃는다.)

"너 노잼이야."(삐쳤다.)

뭐 늘 이런 식이었다. 재미없는 쏜의 반응에 김이 새버린 나는 다시는 쏜을 놀리지 않으리라 매번 결심하지만 개 버릇 남 못 준다고 결국 30분도 못 참고 다시 쏜을 놀리고 놀린 만큼의 시간을 들여 농담을 설명한다. 그래도 내 노력이 영 헛되진 않았는지 그간 나의 농담 패턴을 학습한 쏜은 이제는 제법 내 장단에 맞춰 억울한 표정까지 지어가며 내 흥을 돋울 줄 알게 되었다.

타로 카드의 점괘는 용하다 말다 용하다 말다 했는데 쏜과 나의 기분은 쭉 좋았다. 이미 잘 아는 우리 사이나 우리의 과거 같은 건 틀려도 그런대로 유쾌했고 어차피 알 수 없는 미래는 좋은 것만 믿으면 됐기 때문이다.

타로 가게를 나오니 밖이 어둑어둑했다. 배가 고파서 우리가 자주 가던 비건 식당을 향해 걸었다.

"있잖아. 아까 사장님이 우리가 뜨거운 사이라고 했을 때 왜 끄덕거렸어?"

"우리는 뜨거우니까."

"아닌데? 난 우리의 온도가 미적지근해서 딱 좋은데."

"사랑이 식었니?"

"처음에 비해선 당연히 식었겠지."

"어떻게 그럴 수 있어? 나는 아니야. 나는 똑같아."

"너무 진지하다 너? 장난이지?"

"내가 농담을 이해 못 할 때 이런 기분인가? 나는 진심 인데."

"너는 진심을 농담같이 말하는 경향이 있어. 사람 헷갈 리게."

"자기는 농담을 진심같이 말하잖아."

투덕거리면서도 인도가 좁고 날이 차다는 핑계로 우리
는 서로의 옆구리를 딱 붙이고 걸었다. 나보다 뜨거운 애
의 온도가 미지근한 내 옆구리를 데웠다.

평화를 지키는 주문

　냉장고 깊숙한 곳에서 포일로 꽁꽁 싸인 그릇을 발견했다. 불길했다. 아마도 오래전 넣어두고 까먹은 음식이리라. 찐득하게 녹아내린 정체불명의 음식에 허옇게 피어난 곰팡이를 상상했더니 얼굴이 절로 찌푸려졌다. 포일을 벗겼더니 뜻밖에도 치킨 몇 조각이 있었다. 박이 먹다 남긴 건가 싶어 다시 잘 싸두려는데 TV를 보고 있던 박이 허겁지겁 다가와 그릇을 빼앗듯 가져가며 미안하다고 말했다. 내가 벙찐 사이 박은 치부를 감추듯 정신없이 치킨을 포장했다.

　"아니, 퇴근하고서 치킨이 너무 먹고 싶어가지고 너 오기 전에 얼른 시켜 먹었거든. 혼자 먹긴 너무 많고 버리긴 아까워서 네가 못 보게 일부러 안쪽에다가 넣어뒀는데….'

박은 몹쓸 짓이라도 저지른 사람처럼 허둥대며 묻지도 않은 이야기들을 변명처럼 늘어놓았다.

"왜 그래 괜찮아."

"이런 거 보는 거 끔찍하지 않아?"

"나는 네가 뭘 먹든 상관없어."

미안함이 가득 담긴 박의 얼굴을 보고 있자니 뭔가 잘못되었다는 생각이 들었다. 함께 공유하는 식탁에서 누구라도 불편함을 느껴선 안 될 일이었다. 식탁은 여럿이 둘러앉아 음식과 이야기, 웃음과 마음을 나누며 몸과 정신을 포동포동 살찌우는 공간이니까. 반드시 풀어진 마음으로 착석해야 하는 자리가 있다면 식탁과 화장실 두 군데뿐이라고 믿는다. 그런데 박이 마음 졸이는 식탁 생활을 하고 있었다니! 그것도 집에서! 박의 가녀린 어깨 위에 두 손을 얹고 말했다.

"야 내 눈치 볼 필요 전혀 없어. 먹고 싶은 거 있으면 언제든 먹어. 나도 내가 먹고 싶은 걸 먹잖아."

"아라뗘."

박이 순한 표정으로 혀 짧은 소리를 냈다. 시무룩한 초딩을 격려하는 늙은 선생님이 된 기분이었다.

불편한 식탁은 상상만으로도 기가 빨린다. 그래서 비건 지향 생활을 막 시작했을 때 지인들과의 식사 자리를 일부러 피했다. 논비건 메뉴를 보는 것이 불편해서는 아니고 다수가 나 하나를 배려하는 게 불편해서였다. '굳이 나 때문에' 비건 메뉴가 있는 식당을 일부러 찾아가는 게 그렇게 마음이 쓰였다. 어쩌다 비건 가능 식당에 가더라도 불편한 마음은 식사가 끝날 때까지 지속되었고 나는 먹는 둥 마는 둥 하며 남들 눈치 보기에 바빴다. 식사를 마친 후에는 내가 계산해야만 한다는 이상한 사명감에 남들의 만류를 어깨빵까지 해가며 뿌리치고 부득부득 카드를 내밀곤 했다.

남들과 함께하는 밥상머리에서 배려도 희생도 뭣도 아닌 고달픈 마음고생만 사서 하다가 어느 날 기어이 빌런 짓을 저지르고야 말았다.

작년 봄, 친구들과 강릉으로 여행을 갔을 때였다. 한참 바다를 구경한 뒤 출출해진 우리는 눈에 보이는 식당에 들어갔다. 짐작대로 비건 메뉴는 없었지만 나물 반찬이 두어 종류 있어서 안도했다. 친구들은 각자 먹고 싶은 메뉴를 주문했고 나는 공깃밥을 시켰다. 모두가 편한 식사를 할 수 있어 다행이라고 생각했는데 곧 그게 대단한 오산이었다는 걸 알게 되었다. 친구들이 내 단출한 밥상을 보고 자꾸만 미안해했기 때문이다.

"이슬아 미안해. 네가 비건인 걸 깜빡했어."

"말하지 그랬어. 너 먹을 수 있는 데로 가도 됐는데."

미안해하는 애들을 보고 더 미안해진 나는 민망함에 손까지 휘휘 내두르며 말했다.

"나 진짜 괜찮으니까 신경 쓰지 마. 진짜 괜찮아!"

친구들을 안심시키려고 흰밥에 나물을 척척 올리며 진수성찬을 먹는 듯 행복한 표정을 꾸며봤지만 그세 상황을 더 악화시켰다.

"이슬이 배 많이 고팠구나."

안쓰러워하는 친구의 목소리에 공기는 더 차게 굳었다.

나는 할 말도 못 하는 최악의 쫌생이가 된 기분이었고 친구들은 자린고비가 굴비 보듯 밥 한술에 강이슬 한 번 쳐다보며 껄끄러운 식사를 했다. 망했다는 생각이 들었다. 입장 바꿔 생각하더라도 나 같은 비건 친구는 정말이지 끔찍하게 불편했다. 차라리 택시를 타고 이동을 할지언정 비건 메뉴가 있는 식당에 갈 걸 그랬다고 후회했지만 소용없는 짓이었다. 머릿속에서 난데없이 박신양 아저씨가 돼지 저금통을 들고 호통을 치기 시작했다.

'왜 말을 못 해! 나는 고기 안 먹는다! 나는 비건이다! 왜 말을 못 하냐고, 왜!'

그러게. 그게 뭐가 어렵다고 말을 못 했을까. 논비건 시절에는 먹고 싶은 메뉴가 있다면 종로, 강남, 이태원 등 거리 따위 개의치 않고 잘만 말했으면서. 내가 비건이 되었다고 친구들이 갑자기 변할 리는 없었다. 과거고 현재고 미래고 기꺼이 내 의견에 귀 기울여줄 사람들인데, 그런 친구들이 바란 적 없는 배려를 한답시고 애쓰느라 괜한 마음만 축냈다.

가만, 그런데 그게 과연 정말 배려였던가? 내 행동은 배려보다 이기심을 훨씬 더 많이 닮아 있다. 그러니까 친구들을 사랑하는 스스로에 너무 도취된 나머지 친구들 또한 나를 사랑한다는 사실을 까먹어버리곤 황당하고 부끄러운 무리수를 둔 것이다. 그때 한계치 이상의 부끄러움을 겪은 나는 살짝 진화했다. 남들과 식사할 일이 생기면 당당하게 말하는 것이다.

"채식 메뉴가 있는 식당에 갈 수 있을까요?"

이 한마디는 식탁 위의 평화를 지키는 주문이다.

사랑 없이 살 수 없는 나는 사랑하는 동안 별수 없이 배려하고 배려당해야 할 것이다. 이왕이면 모두에게 좋은 배려를 하며 살고 싶다. 이를테면 입을 닫고 침묵하는 가짜 배려 말고 입을 열어 원하는 바를 정확하게 말하는 진짜 배려 말이다.

악몽의 끝

아빠와 공설운동장을 돌며 소중히 키워냈던 극미량의
운전 자신감은 서울에 오자마자 허무하게 사망했다. 도로
위에서 쌩쌩 달리는 수많은 차들이 나의 연약한 자신감을
무참하게 짓이긴 것이다. 서울역 앞에서 버스를 기다리며
복잡한 차선을 지켜보고 있자니 내가 이 틈에 끼어 능숙
하게 운전하는 날보다 순간이동 기계가 발명되는 날이 더
빨리 올 거라는 강렬한 확신이 들었다. 이토록 혼란한 도
로에서 패닉 온 사람이 아무도 없다는 게 신기할 따름이
었다. 다음 도로 연수까지 넉넉한 시간이 있다는 점이 그
나마 위안이 되었다.

남은 시간 동안 차가 있는 친구에게 부탁을 하거나 익산에 내려가서 아빠에게 연수를 받을 수 있었지만 지금 연습이 문제가 아니었다. 당시 나는 정녕 운전포비아가 되어버린 게 아닐까 싶을 정도로 운전대를 잡는 상상만 해도 가슴 언저리부터 목구멍 끝까지 수분기가 전혀 없는 밤고구마가 꽉꽉 들어찬 기분이 들었고, 나 때문에 80중 연쇄 추돌 사고가 일어나 마포구 일대의 도로가 마비되어버리는 몹쓸 악몽을 꾸다가 호흡곤란을 일으키며 벌떡벌떡 깨곤 했다.

다음 운전 연수까지 최대한 운전 생각을 안 하기로 결심했다. 그러나 잊자고 마음먹으면 더 또렷해지는 법. 인간의 잔인한 심리에 나는 가차 없이 휘둘렸다. 간절하게 까먹고 싶었던 운전은 마치 드럽게 헤어진 전 남친처럼 시도 때도 없이 불쑥불쑥 머릿속을 점령했고 나는 시시때때로 머리털을 쥐어뜯으며 낮은 목소리로 욕을 읊조렸다. 하도 그랬더니 내 주위 사람들은 내가 갑작스럽게 히스테리를 부리면 알아서 운전 때문이려니 생각하기에 이르렀다. 회의 중에 갑자기 "하 시발" 하면 옆자리에 앉은 선배는 "운전?" 하고 묻고는 키득키득 웃었고, 심성 고운 쏜은 밥 먹다가 땅이 꺼져라 한숨 쉬며 밑도 끝도 목적어도 없이 다 포기해버리겠다고 으름장을 놓는 나에게 "할 수 있어"라고 말하며 내 손등을 강하게 움켜쥐었다.

　결국 잠시도 운전을 잊지 못한 채로 시간이 흘러버렸다. 정말로 운전대를 잡고 싶지 않았지만 그동안 면허를 따기 위해 쏟은 돈을 생각하며 죽더라도 운전대 앞에서 죽자는 각오로 학원 차에 몸을 실었다.

　'내일이 마지막이야. 꼭 마지막이어야 해.'

　낡은 스타렉스에 몸을 싣고 학원으로 가는 동안 주문인지 다짐인지 모를 말을 중얼중얼 읊었다.

　학원 로비에서 카우보이를 만나 반갑게 인사했다.

　"선생님 안녕하세요! 저 오늘이랑 내일 선생님께 배워요. 잘 부탁드립니다."

　그러면서 내가 운전면허 학원에서 내 힘으로 이뤄낸 최고의 성과가 오늘 그를 만난 거라는 사실을 기억해냈다. 소름 끼치게도 남은 두 번의 수업에 배정된 선생님은 디스였는데 왠지 모를 쎄함에 미리 학원에 전화를 걸어 그 충격적인 사실을 알아낸 나는 데스크에 선생님을 바꿔달라고 애원했다. 디스를 물리치고(?) 카우보이를 쟁취한(?) 나는 제아무리 독한 악연이나 운명 같은 것도 인간의 의지로 이겨낼 수 있다는 데 깊은 감명을 받았다. 그런 생각을 하자 왠지 운전도 잘할 수 있을 것 같다는 알 수 없는 희망이 샘솟았다. 카우보이와 함께 노란 차를 향해 걷는데 가슴이 두근거렸다. 두려움 때문에 심장이 고장 난 믹서기처럼 불쾌하게 떨리던 전과는 다른 두근거림이었다.

카우보이와 함께 한 이틀간의 수업에서, 혹시나 했지만 역시나 나는 운전을 못했다. 좌회전 후에도 깜빡이를 깜빡하고 끄지 않았고 수시로 차선을 밟았으며 유턴하다 핸들을 덜 꺾어 역주행 충동에 휩싸이기도 했다. 패닉이 지금쯤 들어가도 되겠냐고 머리통에 노크를 할 때마다 카우보이는 침착하게 나를 달랬다.

"운전을 못하는 게 당연해요. 잘하려는 생각보다 본인이 운전을 못한다는 사실을 잊지 않는 게 중요해요. 그런 의미에서 아주 잘하고 있어요. 그리고 내 발밑에는 보조 브레이크가 있어요. 나는 운전을 잘하니까 본인을 못 믿겠으면 나를 믿어요. 우리는 사고 나지 않을 거예요."

그 말을 들었을 때의 심경을 표현하고 싶어 죽겠는데 도무지 정확한 단어를 찾을 수가 없다. 그래도 딱 맞는 표현을 알고는 있다. 나는 이 표현을 씀으로서 에세이 작가라는 수식어가 나에게 너무 과분하다는 사실을 깔끔하게 인정하겠다.

그러니까 그때의 내 심정은 'ㅠㅠㅠㅠㅠㅠㅠ'였다.

감동과 안심과 자신감과 신뢰로 차 안의 공기는 어느 때보다 훈훈했다. 카우보이의 말대로 우리는 무사히 남은 두 번의 수업을 마쳤다. 보충수업마저 끝이 났을 때 드디어, 아니, 기어이 도로주행 시험의 순간이 다가오고 말았다. 카우보이는 나를 시험장으로 인솔하면서 말했다.

"너무 떨지 말아요. 배운 대로 천천히, 침착하게 해요."

"네 선생님. 정말 감사했습니다. 돌아온 탕아가 되지 않을게요. 진짜 진짜로 오늘이 마지막이었음 좋겠어요."

"네, 다신 보지 말아요."

점점 멀어지는 카우보이의 카우보이 모자를 보며 시험 보기 전에 먹으려고 전날 사놓은 찹쌀떡을 안 가지고 왔다는 사실을 깨달았다.

시험감독이 어떤 남자와 내 이름을 불렀다.

"원래는 두 분이 같이 차에 타셔야 하는데 코로나 때문에 한 분이 시험 보시는 동안 나머지 한 분은 로비에서 기다리셔야 해요. 시험 코스는 무작위고요, 왕복 코스로 시험을 봅니다. 그러니까 먼저 시험 보는 분이 A 코스를 뽑으시면 다음에 시험 보는 분은 자동으로 B 코스 배정입니다."

나는 그 짧은 순간을 놓치지 않고 간절하게 기도했다. 하느님, 제발 나 말고 저 남자가 먼저 시험 보게 해주세요. 제발요, 제발 제발 제발.

하늘이 찹쌀떡마저 깜빡한 나를 가엽게 여긴 건지 남자가 먼저 시험을 보게 됐다. 그는 C 코스를 뽑았고 나는 자동으로 D 코스에 배정되었다. D 코스는 길이며 건물이 다 비슷하게 생겨서 내가 제일 어려워했던 코스였는데 아무래도 상관없었다. 남자가 시험을 마치고 돌아오기까지는 20분 정도가 걸릴 예정이었고 그 시간 동안 유튜브로 코스를 독파할 계획이었다. 얼마 전까지만 해도 유튜브 만능주의가 싫었던 나였는데 지금은 유튜브 만세 삼창이라도 하고 싶을 만큼 누구보다 적극적으로 유튜브를 주워섬기고 있었다.

로비에 앉아 유튜브를 보며 D 코스를 달달달 외웠다. 코스가 어느 정도 눈에 익을 무렵 먼저 시험을 치러 갔던 남자가 지친 얼굴로 돌아왔다. 시험감독의 호명을 듣고 조수석에 앉았다. 코스의 시작 구간까지는 시험감독이 운전했다. 유튜브나 마저 보려는데 그가 말을 걸었다.

"학생인가요?"

"아뇨, 일해요."

"연습은 많이 했어요?"

"많이는 못 했어요."

"왜요? 아버지랑 연습 좀 하지."

"아버지는 고향에 계세요."

"고향이 어딘데요?"

"익산이요."

시험감독이 눈을 크게 뜨더니 나를 쳐다봤다. 그러더니 하는 말.

"왐마? 익산 어디? 나도 익산 사람이여. 나는 어양동에 오래 살았어."

"어…? 저도 어양동에 오래 살았어요."

그는 차에 타 있지만 않았어도 그야말로 방방 뛸 기세였다. 시험감독 생활을 하며 처음 만나는 동향 사람이랬다. 심지어 우리는 같은 아파트의 옆 동에 살던, 말 그대로 이웃사촌지간이었다. 서울 억양이 완전히 상실된, 충청도와 전라도의 사투리가 듣기 좋게 짬뽕된 그의 목소리를 들으니 긴장이 좀 풀렸다. D 코스에 도착해 자리를 바꿔 앉으며 그는 진심으로 안타깝다는 듯 말했다.

"옛날 같으면 그냥 무조건 합격시켜줄 수도 있을 판인데, 히히 장난이고. 여튼 요즘은 다 콤퓨타가 점수를 매겨서 이제 사람 판정은 아무짝에도 쓸모가 없다고 봐야 맞어. 하여간 학생이 잘해야지. 너무 떨지 말고! 파이팅!"

"네 파이팅!"

"어휴. 내가 왜 이렇게 떨리는가 모르겠네."

진심이었는지 그는 자신의 왼쪽 가슴을 벅벅 문질렀다. 어째선지 나보다 더 떨고 있는 시험감독을 옆에 태우고 D 코스를 출발했다. 내가 깜빡이와 좌회전과 어린이 보호구역의 관문을 통과할 때마다 그는 그라취! 옳취! 등 작은 목소리로 추임새를 넣어 흠뻑 힘을 실어주었고 실수할 때는 혀를 아낌없이 끌끌 차는 것으로 안타까움을 표현했다. 여러 번의 위기는 있었지만 아무런 사고도 없이 종착지에 도착했고 우리는 숨죽여 콤퓨타의 판정을 기다렸다.

"합격입니다."

콤퓨타의 낭랑한 합격 신호를 듣자마자 나는 꺅! 그는 왁! 하고 소리를 질렀고 우리는 두 손을 높이 들어 하이파이브를 했다. 그는 상기된 얼굴로 말했다.

"학생 정말로 축하해! 합격은 했지만서도 절대로 운전은 하지 말어. 꼭 익산 가서 아부지랑 연습해야겄어. 공설 운동장 알지? 거기 잘 돼 있어. 거기 가서 연습해. 절대로 곧바로 운전하면 안 돼. 어휴 말은 안 했지만서도 아까 심장이 쫄려갖고 원⋯."

"네, 안 그래도 시험에 합격만 시켜주시면 다시는 운전대를 잡지 않겠다고 하늘에 맹세했어요!"

"뭐어? 그럴 거면 운전면허 시험은 왜 봤댜. 하하하하하."

"긍게 말여요. 하하하하하."

차 안은 학원에 도착할 때까지 웃음소리로 즐거웠다. 로비에서 합격 도장이 찍힌 원서를 받아 들고 아빠에게 전화를 걸었다.

"아빠 나 면허 땄어!!"

"뭐? 거봐! 아빠 딸 잘할 줄 알았어! 찹쌀떡 먹었어?"

"아니 집에 놓고 와서 못 먹었는데 그래도 땄어!"

"잘했다! 이제 아빠 술 마시면 데리러 올 수 있겠네!"

"어휴~ 아빠가 술 끊는 게 빠를 거야."

"어쨌든 너무 잘했어. 너무 기특해 우리 딸."

"사랑해!"

"응, 아빠도 너무너무 사랑한다 딸."

아빠랑 전화를 끊고 합격 원서를 손으로 쓸어보았다. 이 얇은 종이 한 장이 100만 원이구나 생각하니 가슴이 저렸지만 숨이 막힐 듯 뿌듯했다. 남들은 쉽게 잘만 얻어 내는 이 종이 한 장을 갖기 위해 그간 얼마나 개고생을 했던가. 이 순간 전 세계에서 가장 기쁜 사람은 내가 아닐까 생각했다.

학원 차를 기다리며 학원을 천천히 한 바퀴 돌았다. 몇 시간 전까지만 해도 맨정신으로 꾸는 악몽처럼 보였던 학원이 벌써 추억처럼 애틋했다. 나는 행복한 표정으로 다짐했다. '두 번 다시는 운전하지 않을 거야. 절대로.'

✦

낭만을 위하여

"비건이랑 사귀는 논비건은 힘들겠지?"

내 질문에 얼음 한 조각을 입 안에서 여유롭게 굴리던 쏜은 화들짝 놀라며 고개를 저었다. 얼음만 남은 그의 컵 밑바닥에는 아이스아메리카노 몇 방울이 고여 있었다. 순식간에 비워진 컵을 바라보며 날이 정말 덥긴 덥구나 생각했다. 숨만 쉬어도 땀에 젖은 머리카락이 이마와 볼에 귀찮게 달라붙는 무더운 여름날이었다. 이 더운 날, 우리는 비건 식당을 찾는다고 고생을 좀 했다. 원래 가기로 했던 비건 식당은 대기 줄이 너무 길었고 그나마 그곳과 제일 가까이에 있던 다른 비건 식당은 휴무였다.

땡볕 아래서 휴대폰으로 근처의 비건 식당을 검색했다. 겨우 찾은 식당은 근처라기엔 너무 먼 곳에 있었기 때문에 우리는 택시를 불렀다. 너무 배가 고파서 현기증이 다 났다. 아무 데나 들어가서 아무거나 먹을 수 있었던 과거의 데이트가 그리웠다. 혹시 쏜도 나랑 같은 생각을 하고 있진 않을까. 나보다 열 배쯤 더위를 타는 그 애의 구레나룻이 땀에 젖어 반짝이고 있었다. 미안했다.

와드득와드득, 방금 입에 넣은 얼음을 서둘러 씹어 삼킨 쏜이 물었다.

"난 하나도 안 힘든데? 왜?"

"있잖아, 만약 내 애인이 갑자기 비건이 된다면, 그러니까 내가 비건 애인을 둔 논비건이라면 나는 헤어졌을 것 같아."

무의식적으로 티슈를 잘게 찢던 내 손 위에 까맣고 크고 뜨거운 손이 턱 올라왔다. 올려다본 쏜의 얼굴은 찢다 만 티슈처럼 불쌍하게 구겨져 있었다.

"그게 갑자기 무슨 소리야?"

예상외의 심각한 반응에 나는 조금 당황했다가 쏜의 가여운 표정이 엄마한테 혼난 고릴라를 닮은 것 같다는 생각이 들어 키들키들 웃었다.

"왜 그런 소리를 하는 거야?"

"왜 구런 소리룰 하눈 고야?"

"아 놀리지 말고!"

"애 눌리지 맬구~!"

그제야 쏜은 안심한 듯 과장된 몸짓으로 가슴을 쓸어내리며 말했다.

"갑자기 심각해져서 놀랐잖아."

"그냥 궁금해서 그랬지."

"궁금하면 물어보면 되지, 왜 겁을 주고 그러냐?"

도대체 어느 시점에 어떤 식으로 겁을 줬다는 건지 알수가 없었다. 말이 나온 김에 쏜에게 비건 애인을 둔 심정이 어떤지 물어보고 싶었다.

"그럼 물어볼게. 이건 일종의 인터뷰야. 나는 비건 애인을 둔 논비건으로 살아본 적이 없잖아. 그러니까 내 궁금증이 풀리도록 성실하게 대답해야 해."

쏜이 알았다는 뜻으로 자세를 고쳐 앉았다. 무슨 면접 자리에 온 사람처럼 진지하고 심각한 표정이었다.

"저기… 너는 매사에 너무 진지한 것 같아."

"아, 미안. 웃을게."

"거봐 너무 진지해."

우리는 푸시시 바람 빠지는 소리를 내며 웃었다.

"궁금한 게 뭔데?"

"애인이 갑자기 비건이 되면 포기해야 하는 낭만들이 너무 아쉽지 않아?"

"어떤 낭만?"

"비 오는 날, 막걸리 집에서 해물파전 못 먹잖아."

"감자전 먹으면 되잖아."

"아니… 음… 바다에 놀러 가도 해변 식당에서 활어회에 소주 마시는 낭만을 즐길 수 없잖아."

쏜이 "그런가?" 하며 턱을 괴고 골똘히 생각했다.

"스트레스 받는 날 허름한 대폿집에서 곱창에 쏘맥도 못 마시고 특별한 날 분위기 있는 이자카야도 갈 수 없잖아."

"근데 있잖아."

"응."

"자기한테는 낭만이 술이랑 안주니?"

쏜이 안주 말고 아쉬운 걸 말해보라고 했다. 딱히 이렇다 할 게 떠오르지 않았다.

"그게 낭만이라면 이전 연애에서 다 해봤어. 나는 오늘 비건 식당 찾는다고 자기랑 손잡고 땀 뻘뻘 흘린 게 더 낭만적이야."

도라지 위스키를 마시고 싶게 하는 대답이었다. 기분이
좋아서 백 점을 외쳤다. 쏜이 만족한 듯 웃었다. 한두 번도
아니고 매번, 많지도 않은 비건 음식점을 찾는다고 낑낑
대는데 그걸 낭만으로 생각해주다니, 확실히 나보다 마음
이 넓은 게 분명했다. 그런 말을 하고 싶었는데 쑥스러워
서 하지 못했다. 대신 술 마시러 가자고 했다. 식당에서 에
어컨 바람으로 살짝 얼려났던 살갗이 식당 밖을 나서자마
자 몰아치는 더위에 곧바로 눅눅해졌다. 맞잡은 손바닥에
서 땀이 났지만 놓고 싶지 않아서 쏜의 손을 더 힘주어 꼭
잡았다.

"자기 곱창 먹고 싶어?"

"아니."

"활어회 먹고 싶어?"

"아니."

"그럼 자기한테 낭만은 회랑 곱창, 해물파전이 아니라
가게의 분위기네."

쏜이 너무 맞는 말을 해서 걷다 멈춰 고개를 끄덕였다.
나는 논비건 음식 말고, 논비건 음식을 파는 허름한 대폿
집, 바다가 시원하게 보이는 포장마차, 오래되어 아는 사

람만 찾아오는 노포의 분위기. 그런 분위기가 그립다.

"앞으로는 더 다양한 콘셉트의 비건 식당이 생기겠지?"

"그러겠지. 그리고 언젠간 지금의 비건 식당도 노포가
되겠지."

"멋지다."

누구누구 왔다 감, 누구랑 누구 사귄 날, 우리 우정 영원
히 같은 무해한 낙서가 온 벽면에 빼곡하고, 오래되어 삐
걱거리지만 그래서 더 좋은 낡은 의자가 있는 곳. 벽에 붙
은 메뉴판에 가슴 아픈 메뉴 이름이 하나도 적히지 않은
곳. 식탁 사이를 바쁘게 오가며 단골손님들에게 인사를 건
네는 나이 든 사장님과 그의 손에 들린 푸짐한 비건 메뉴.
그런 식당이 많이 생기겠지. 가려던 비건 식당이 문을 닫
아도 조금만 걸어서 또 다른 비건 식당을 찾을 수 있겠지.

어쨌든 지금도 좋았다. 여름보다 훨씬 더 뜨거운 애랑
손을 잡고 비건 메뉴가 있는 술집을 향해 씩씩하게 걸으
면서 내가 포기한 낭만 같은 건 하나도 없다는 걸 알았다.
다만 앞으로 맞이할 새로운 낭만들을 기다리고 있을 뿐이
었다.

나를 키운 말들

오랫동안 쓰지 않아 휴면계정으로 전환되었던 이메일에 오랜만에 접속해보았다. 패스워드가 기억나지 않아 손가는 대로 아무렇게나 키보드를 두드렸는데 한 방에 접속이 되었다. 머릿속에서 삭제된 기억이 손끝에는 생생한 감각으로 남아 있었던 것이다. 초등학생 때 만든 이메일의 패스워드는 당시 내가 좋아하던 만화영화 주인공의 이름과 내 생일을 조합한 것이었다. '아 그랬었지' 하는 생각과 함께 어릴 적 고심하여 아이디와 패스워드를 만들던 기억이 떠올랐다.

몇 년 만에 접속한 이메일의 받은 메일함을 뒤적거리고

있자니 왠지 삭은 먼지 냄새가 나는 것 같았다. 읽지 않은 편지가 만 오천여 개나 쌓여 있었다. 죄다 스팸메일일 것이 뻔해서 한 번에 삭제를 했다. 엄청난 양의 스팸메일을 삭제했더니 아주 오래전에 받았음에도 낡지도 않고 고스란히 남아 있는 메일들이 드러났다. 마치 오랫동안 땅속에 묻혀 있던 귀한 유적을 발견한 것처럼 흥분되었다. 복잡한 특수문자로 이루어져 있어 보낸 이를 가늠할 수 없는 여럿의 아이디 사이에서 한글로 이루어진 정직한 아이디가 눈에 띄었다. 아빠 이름이었다.

내가 어렸을 적, 아빠는 길면 1년, 짧게는 반년씩 리비아라는 나라에서 일했다. 우리는 만날 수 없는 그리움을 이메일을 주고받으며 달랬다. 아빠가 있던 곳은 인터넷이 잘 터지지 않는 지역이었다. 로그인하는 데만 한참이 걸렸기 때문에 내가 보낸 메일을 읽고 답장하는 모든 과정에 하루가 꼬박 걸렸다. 그래서 아빠는 아침 일찍 일어나 로그인을 한 뒤, 로딩 시간 동안 출근 준비 및 아침 식사를 마쳤다. 오전 작업을 마치고 쉬는 시간이 되어서야 내가 보낸 메일을 읽을 수 있었고, 퇴근 후 답장을 보낸 뒤에는 전송 완료 메시지를 기다리다 잠이 들었다.

아빠가 보낸 메일은 죄다 '딸 답장이 늦어서 미안해. 여기는 인터넷이 너무 느려'로 시작했다. 혹여 애써 접속한 인터넷이 허무하게 끊길까 애면글면하며 한 자 한 자 공들여 적었을 아빠를 떠올리니 별것 아닌 내용에도 자주 코끝이 시큰했다.

딸, 엄마 말 잘 듣고 있지? 우리 딸은 착하니까 엄마 속 썩이지 않을 거라고 아빠는 믿는다. 오늘은 야생 고슴도치가 아빠 방에 들어왔어. 딸이 봤으면 아마 엄청 좋아했을 거야. 이슬이는 동물을 좋아하잖아. 요즘은 무엇을 보아도 딸들이 생각난다. 맑은 하늘을 보면 딸들의 웃음소리가, 고운 사막의 모래를 보면 딸들이랑 그네 타던 놀이터가, 영어로 말을 거는 외국인을 만나면 한창 영어를 배우고 있을 딸들이 떠올라.

이슬이는 다른 건 몰라도 영어 공부는 꼭 열심히 하도록 해. 아빠는 영어를 못해서 이곳이 힘들구나. 그래도 리비아 사람들이 하는 말은 몇 개 배웠어. 사실 '얄라얄라' 하나만 알아도 돼. '빨리빨리'라는 뜻이거든.

그리고 다음번에 메일을 보낼 땐 반찬 투정은 하지 말아주렴. 딸이 김치랑 콩나물국이 지겹다고 적은 메일을 보고 아빠는 김치랑 콩나물국을 먹는 꿈을 꿨어. 아주 먹고 싶

단다. 딸, 인터넷이 오락가락하는구나. 길게 못 써서 미안
하다.

메일의 말미마다 아빠는 당신이 없는 사이에 훌쩍 자랄
내 모습이 너무 아깝다고 적었다. 자라는 모습을 지켜봐
주지 못해 미안하다며 그래도 어쩔 수 없는 상황을 내가
부디 이해해주길 바란다고 다정하게 당부했다.

어린 시절, 오랫동안 아빠와 떨어져 지냈음에도 우리가
일말의 어색함 없이 친구처럼 살가운 이유를 알 것 같았
다. 눈으로 서로의 모습을 볼 수 없었지만 그 대신 소소한
일상과 애틋한 마음을 긴 편지에 담아 공유했기 때문일
것이다. 아빠가 보낸 엔터 한 줄 없이 빼곡하게 긴 메일은
족히 수십 개가 넘었다. 나를 키운 아빠의 말과 시간들이
었다.

★

길을 잃고 얻은 것들

나는 남들에게 인정받는 지독한 길치, 방향치이다. 매일 가는 길도 자주 헷갈린다. 엊그제는 하루가 멀다 하고 가는 시장에서 장을 보고 집으로 돌아오는 길에 길을 잃는 바람에 추적추적 내리는 비에 운동화와 장바구니를 적시며 골목을 헤맸다. 집으로 돌고 돌아 돌아오는 길에 나는 빗소리보다 작은 소리로 노래를 불렀다.

"내가 가는 이 길이 어디로 가는지 어디로 날 데려가는지, 그곳은 어딘지. 알 수 없지만 알 수 없지만 알 수 없지만 오늘도 난 걸어가고 있네."

길을 잃을 때마다 거의 저절로 튀어나오는 노래다. 물

론 god는 인생을 길에 빗대어 쓴 가사겠지만 적어도 나에겐 길치를 위한 노래로 불린다.

뭐든지 하면 할수록 는다던데, 나는 하도 길을 잃었더니 길 잃는 솜씨가 갈수록 더 느는 것 같다. 길을 잃는 데 도가 튼 나머지 이제는 길을 잃어도 그저 태연하다. 아니다, 사실 계획적으로 길을 잃기 때문에 당황하지 않는다. 어차피 이럴 걸 알고 있었던 사람의 여유다.

약속이 생기면 길 잃을 시간까지 넉넉히 잡아 집을 나선다. 운 좋게 헤매지 않은 날엔 남은 시간을 때우려 걷고 역시나 길을 잃은 날엔 이럴 때를 대비해 안배해둔 시간만큼 걷는다.

길치인 나에게 '걷다'라는 동사는 능동사보다 피동사로서 더 와닿는다. 걸으려고 걷는 게 아니라 상황이 나를 걷게 하기 때문이다. 하여튼 얼떨결에 자주 걷다 보니 본의 아니게 잘 걷는 사람이 되었다. 여기에서 잘 걷는다는 의미는 체력적으로 오래 걸을 수 있음을 뜻하는 게 아니다. 나는 걸으면서 중요한 일, 그러니까 나에게 필히 득이 될 일을 한다. 헤매는 시간이 아까워 터득한 꼼수인데 그러느라 길을 잃는다는 점이 아이러니이긴 하다.

아무튼 나는 걷는 동안 눈으로 귀로 많은 것을 주워 담는다. 버스 정류장에 앉아 동요를 함께 흥얼거리는 모녀, 한 손에 담뱃갑을 들고 흡연하기 마땅한 장소를 찾아 두리번거리는 사람, 헤드폰을 끼고 자신만 들을 수 있는 음악에 맞춰 크게 몸을 흔드는 사람, 어떤 이유에선지 얼굴을 붉히며 싸우는 연인, 풀숲에서 땅을 파고 똥을 누는 고양이, 노포 안에서 삐거덕거리며 돌아가는 낡은 선풍기. 그런 일상의 장면들 중 좀처럼 스쳐 지나가지 않고 머릿속에 박히는 것들이 있다.

그것들은 나를 공상으로, 때로는 잊고 있던 기억으로 끌고 간다. 떠오른 공상이나 기억을 걷는 박자에 맞춰 마음속에서 통통 굴리며 살을 붙인다. 얼마간 걷다 보면 그저 찰나에 불과했던 장면들은 얼기설기 얽혀 이야기가 된다. 그렇게 쌓인 이야기들 중 글이 되는 것들이 있다. 걷는 동안 글감을 얻을 확률은 10퍼센트 미만이지만 내가 쓴 글들 중 90퍼센트는 걷는 동안 발견되었다. 나는 시간과 공을 들여 뭔가를 쓸 때에 가장 큰 행복과 살아 있음을 느낀다. 그런데 '씀'이라는 것은 걷기가 낳은 것이나 마찬가지라고 볼 수 있으니 나는 길을 잃은 대신에 삶을 얻은 것 아닐까.

작년 이맘때, 저녁 약속이 있던 날이었다. 식당에 먼저 도착한 나에게 길을 묻기 위해 친구가 전화를 걸었다. 그는 자신 주변에 있는 큰 건물들을 말하며 이제 어떻게 가면 되느냐고 물었다. 나는 건물은 모르겠고 전봇대 앞에 버려진 아동용 세발자전거를 찾으면 마중 나가겠노라고 말했다. 친구는 피식 웃더니 지도를 보고 찾아오겠다고 대답했다. 잠시 후 식당에서 만난 친구는 인사도 하기 전에 핀잔부터 늘어놓았다.

"아이고 이슬아, 네가 왜 길치인지 알겠다. 누가 길을 그런 식으로 설명하냐?"

그러면서 호기심 어린 눈빛으로 지하철역부터 식당까지 오는 길에 또 무엇을 보았느냐고 물었다. 나는 담벼락에 피어 있던 노골적으로 붉은 장미꽃과 점잖은 레스토랑 벽에 스프레이 페인트로 아무렇게나 휘갈겨 써진 외설적인 문장과 벽돌 빌라 2층 창문 턱에 앉아 바깥을 구경하던 고양이, 버스 정류장에 붙어 있던 장기매매 광고로 의심되는 스티커를 말했다.

친구는 감탄인지 한숨인지 모를 숨을 턱 쉬더니 네가 그래서 글을 쓸 수 있나 보다고 말하며 혀를 내둘렀다. 나는 멋쩍게 웃으면서 친구 말이 맞기를 바랐다. 그래서 글을 쓸 수 있는 거라면 하루에 열 번도 더 넘게 길을 잃어도 괜찮을 것 같았다.

비닐장갑의 보온 기능

일회용 비닐장갑에도 보온 기능이 있을까? 맨손으로 눈사람을 만드는 것보다는 일회용 비닐장갑을 끼는 편이 그래도 덜 추울까? 이과인 친구에게 물어봤더니 걔는 내가 장난을 친다고 생각했는지 차라리 눈사람도 사람이 될 수 있냐고 물어보지 그러느냐고 핀잔했다. 나는 정색을 하고 말했다.

"우리 아빠가 비닐장갑을 끼면 정말 덜 춥댔어."

아빠를 증인으로 내세우자 친구는 좀 전보다 성의 있는 표정을 짓고서 "글쎄, 아무래도 끼는 편이 덜 춥긴 하려나?" 하고 되물었다.

유난히 눈이 많이 내리던 세기말의 겨울이었다. TV에서는 겨울 레저를 즐기기 딱 좋은 날씨라며 스키장과 눈썰매장의 풍경을 시도 때도 없이 보여줬다. TV 속의 작은 사람들이 눈밭에서 구르고 미끄러지는 게 즐거워 보였다. 아무도 추워 보이지 않아서 화면에 가득 찬 저 설경이 실은 솜으로 빚어진 가짜 눈은 아닐까 의심했다.

나는 아빠가 퇴근하길 기다렸다. 겨울방학이니까, 눈이 이렇게나 많이 내렸으니까 우리 가족도 겨울 레저를 즐기러 떠나자고 말할 참이었다. 만약 안 된다고 하면 울고 떼를 써서라도 아빠의 약속을 받아 내리라고 자못 비장한 다짐까지 했다.

마침 토요일이었다. 평소보다 훨씬 이른 시간에 현관문을 열고 들어오는 아빠의 어깨와 머리에는 흰 눈이 쌓여 있었다. TV에서 본 것과 같은 물질이라고 믿을 수 없을 정도로 아빠 몸에 쌓인 눈은 무겁고 차가워 보였다. 매운 바람에 시달린 아빠의 두 뺨이 빨갛게 거칠어져 있었다. 썰매장에 간다면 울 아빠도 솜처럼 가볍고 따뜻한 눈 위에서 구르고 미끄러지며 언 몸을 녹일 수 있을 것이다.

아빠에게 썰매장에 가자고 말했다. 그럴 생각까지는 없었는데 어느새 눈물까지 뚝뚝 흘리며 우리 반에서 나만

썰매장에 못 가봤다고 거짓말까지 하고 있었다. 아빠가 앙앙 우는 나를 번쩍 안아 들더니 까짓 썰매장 가면 되는 건데 왜 우냐며 달랬다. 언제 갈 거냐는 내 물음에 아빠는 지금 당장 가자고 말했다. 믿을 수 없어서 지금? 하고 몇 번을 되물었는지 모른다. 순식간에 겨울옷으로 중무장한 우리는 차를 타고 달려 자주 가던 공원 앞에 도착했다.

"이게 뭐야! 썰매장 간다면서?"

속았다는 기분에 부아가 치민 나는 발을 쿵쿵 구르며 항의했다.

"기다려봐 인마! 아빠 따라와!"

입을 삐죽 내밀고 발을 턱턱 끌며 마지 못해 아빠 뒤를 쫓았다. 아빠는 공원 한쪽의 지저분한 쓰레기 더미를 뒤지기 시작했다. 쓰레기를 뒤지는 우리 모습을 근처 사는 친구에게 들킬까 봐, 그래서 당장 내일부터 거지 가족이라고 놀림당할까 봐 가슴이 졸아들었다. 쪼그려 앉은 아빠의 등을 바라보며 나는 기어들어가는 목소리로 "빨리… 빨리…"하며 아빠를 재촉했다. 한참 만에 아빠가 허리를 펴고 일어났다. 커다란 손에는 흰색 귤 박스가 들려 있었다.

"썰매 찾았다!"

의아해하는 내 손을 잡고 아빠는 공원의 잔디밭을 성큼

성큼 올라가며 당신 어릴 적에 눈이 오면 비료 포대 하나로 해가 질 때까지 놀았다는 이야기를 들려주었다. 야트막한 언덕에 올라 아빠는 박스를 북북 찢어 코팅된 면이 아래로 가게 놓은 다음 그 위에 다리를 벌리고 앉았다. 나는 어느새 조금 신이 난 채로 아빠의 가랑이 사이에 앉아 낭랑한 목소리로 출발을 외쳤다.

아빠가 긴 다리를 훅훅 굴렀다. 추진력을 받은 박스 썰매가 아래를 향해 빠르게 미끄럼질 쳤다. 발자국 하나 없던 공원에 우리의 썰매 자국이 길게 남았다. 공원에 있는 언덕마다 우리가 미끄러진 자국을 남겼다. 아무도 밟지 않은 깨끗한 눈밭을 엉덩이로 무참히 휩쓸어버리는 희열은 짜릿했다. 엄청나게 커다랗고 새하얀 도화지에 온몸으로 그림을 그리는 기분이기도 했다.

한참을 놀다 보니 어느새 사위가 어두워지고 있었다. 비료 포대 하나만으로 해가 지도록 놀았다는 아빠의 말은 참말이었던 것이다.

"딸, 마지막으로 눈사람 크게 만들고 집에 갈까?"

"근데 우리 장갑 없잖아."

아빠는 아차 하는 표정을 짓더니 잠깐만 기다려보란 말을 남기고 사라졌다. 잠시 후 돌아온 아빠 손엔 슈퍼에서 사 온 일회용 비닐장갑 박스가 들려 있었다.

"비닐장갑 끼면 안 추워?"

"그럼 하나도 안 춥지."

"추울 것 같은데…."

"그럼 딸은 두 개 껴."

나는 두 겹의 비닐장갑을, 아빠는 한 겹의 비닐장갑을 끼고서 눈을 굴렸다. 친구들과 눈사람을 만들 때는 용을 써도 둥글게 뭉쳐지지 않던 눈이 아빠 손에선 그렇게 쉽게 뭉쳐질 수가 없었다.

"아빠, 왜 친구들이랑 눈사람 만들 때는 눈이 크게 안 뭉쳐지는지 모르겠어."

"크게 될 나중만 바라고 기대하느라 쬐끄만할 때를 허투루 보내니까 그렇지."

"쬐끄만할 때?"

"응. 눈사람도 사람이니까 쬐끄만할 때부터 사랑해줘야 멋지게 크는 거여. 많이 만져주고 쓰다듬어주고 이렇게 도닥도닥 해주면 애가 지 이뻐하는구나 알고 무럭무럭 자라는겨."

역시 우리 아빠! 모르는 게 하나도 없는 우리 아빠가 세상에서 제일 최고구나 감격하며 사랑을 담아 눈 뭉치를 도닥거렸다. 한참 만에 완성된 눈사람은 나만큼이나 커다랬다. 아빠는 안 춥냐고 물었고 나는 도리질을 했다. 수상할 정도로 춥지 않았다. 비닐장갑은 정말 보온 기능이 있는 걸까? 아니면 혹시, 우리를 둘러싼 이 설경도 TV에서 본 것과 마찬가지로 솜으로 빚어진 건 아닐까. 아빠가 손 안 시리지? 묻더니 내 대답을 듣기도 전에 거 보란 듯이 씨익 웃었다.

아빠가 박스를 골라냈던 쓰레기장에서 병뚜껑 등 자잘한 쓰레기를 주워 와 눈사람의 이목구비를 만들고 몸통에 나뭇가지를 꽂아 팔을 만들어주었다. 바싹 마른 눈사람의 팔이 외롭고 추워 보였다. 끼고 있던 비닐장갑을 벗어 그의 팔에 걸어주었다.

아빠 차에 오르기 전, 뒤돌아 눈사람을 보았다. 양팔과 열 손가락을 쫙 펼친 눈사람이 잘 가라고 인사를 해주는 것 같아서 배시시 웃음이 나왔다. 올려다본 아빠의 두 뺨이 참 어린애의 것처럼 빨갛다고 어린 나는 생각했다.

작은 시작에 큰 박수를

　만약 내가 조금만 덜 낙관적이고 덜 낙천적인 사람이었다면 절대로, 절대로 운전면허 딸 생각을 안 했을 것이다. 그러나 신께서 나를 빚으실 때 낙관과 낙천의 재료를 아끼지 않고 다소 과하게 사용하셨기에 나 강이슬은 운전면허를 땄다. 운전면허 학원에 다니면서 나는 시시때때로 신께 일방적인 계약을 제안했다. 제발 저에게 운전면허증을 허락해주시옵소서, 만약 그렇게만 해주신다면 두 번 다시 운전대를 잡지 않겠나이다.

　운전면허 합격 원서를 품에 안고 집으로 돌아오는 길, 두 번 다시는 지옥 같은 운전면허 학원에 갈 일이 없다는 생각에 설렘으로 빵빵하게 부푼 나의 가슴이 몸에서 분리되어 공중으로 가볍게 날아오르는 기분이었다. 집에 도착하자마자 서둘러 신발을 벗고 중문을 활짝 열어젖히며 소리를 쳤다.

"2종 보통 운전면허 합격자가 왔노라!"

박과 동생이 TV에서 시선을 떼지 않고 심드렁한 목소리로 대강 장단을 맞췄다.

"올~."

"야! 합격 원서도 있어!"

"봐봐."

"짜잔!!"

나는 박과 동생의 관심에 목이 말라서 '짜잔' 하는 효과음부터 내뱉고 안주머니를 뒤졌다. 그런데 방금까지 분명 소중히 품고 있던, 아니 그랬다고 믿었던 원서가 없었다. 입고 갔던 점퍼 주머니를 뒤졌다. 없었다. 바지 주머니를 뒤졌다. 없었다. 입고 있던 옷을 벗어 거기에 달린 주머니를 모조리 까뒤집었는데도 원서는 코빼기도 보이지 않았다. 다리에 힘이 풀려 거실 바닥에 주저앉았다. 집으로 오는 내내 몇 번이고 품속의 원서를 매만졌던 손끝엔 아직까지도 원서의 촉감이 생생하게 남아 있었다.

"야 설마 잃어버렸냐?"

"와 너무나 언니답다."

한마디씩 얹는 박과 동생의 표정엔 놀라움과 이상한 감격이 5 대 5로 섞여 있었다.

원서에 붙어 있는 못생긴 증명사진과 적나라한 개인정보, 뭐 그런 건 신경 쓰이지 않았다. 그보다는 합격 원서가 너무 아날로그적인 게 마음에 걸렸다. 신체검사, 필기시험 합격, 기능시험 합격, 도로주행 합격을 알리는 도장이며 종이 쪼가리가 무슨 열매처럼 주렁주렁 매달려 있는 아날로그 끝판왕 원서를 그보다 더 아날로그적으로 보이는 오래된 운전면허 학원에서 꼼꼼히 전산 정보로 입력하지 않았을 것만 같았다.

아까 공중으로 훌훌 날아갔던 가슴이 두 배의 질량이 되어 돌아와 몸 한가운데에 헉 하고 내리꽂혔다. 나 설마 면허증 발급받으려면 다시 운전면허 학원에 다녀야 하는 걸까. 꽉 닫고 나왔다고 생각했던 생지옥의 문이 서서히 열리는 아찔한 상상을 하다가 고개를 저었다. 어차피 운전하지 않을 건데 면허증 따위 없어도 괜찮지 않나. 그렇게 생각하자 원서의 실종이 어떤 계시처럼 느껴졌다. 나의 원서는 휴거된 것이다. 강이슬의 운전을 막고자 신께서 거두어 간 것이라 생각하니 묘하게 마음이 편해졌다.

그러나 면허 학원에 쏟은 피 같은 내 돈과 시간은 너무 아까웠다. 만약 정말로 신과 나의 거래가 성사된 것이라면 이건 단단히 잘못된 거였다. 나는 운전면허증을 따게 해달라는 조건을 확실하게 걸었으니까. 신이시여 합격 원서 말고 운전면허증요. 계약을 파기해주옵소서.

정말로 손을 떨며 학원에 전화를 걸었다.

"여보세요."

전화기 너머로 들리는 권태로운 목소리에 절박하게 매달렸다.

"저는 오늘 운전면허 시험에 합격한 강이슬이라고 하는데요…. 원서를 잃어버렸어요."

"네?"

"원서를 잃어버렸는데 어쩌면 좋죠? 혹시 운전면허 학원에 다시 다녀야 할까요?"

"아마… 원서가 없어도 면허증은 발급받을 수 있을 거예요."

"'아마'요?"

"확실하진 않아요, 이런 적은 저희도 처음이라서. 아마 될 거예요. 일단 면허증 발급받으러 가보세요."

전화를 끊고 비척비척 방으로 걸어 들어가 이부자리에
누웠다. 뒤따라온 박이 안쓰러워 죽겠다는 목소리로 말
했다.

"어휴 멍청이."

결과부터 말하자면 어쨌든 나는 면허증을 발급받았다.
합격한 날로부터 3개월이 지나서였다. (대한민국 전산 시스
템 만세!) 우여곡절 끝에 내 사진과 이름이 박힌 면허증을
드디어 손에 쥐자 희한한 기분이 들었다. 이 카드가 운전
할 자격을 증명해주고 있다니, 전혀 믿음직스럽지 않았다.
면허증에 박힌 자신만만하게 웃고 있는 멍청한 내 얼굴이
안 그래도 거의 없는 신뢰감을 확실하게 짓밟았다.

운전할 생각은 없었지만 그럼에도 그것을 늘 지니고 다
녔다. 지방 답사를 가기 위해 비행기를 타던 날, 편의점에
서 담배를 살 때, 회사 출입증을 놓고 온 날 신분증으로
사용했다. 그럴 때마다 운전면허증이 있는 스스로에게 감
탄하는 내 모습은 내가 봐도 애잔했다.

아빠는 전화할 때마다 그래서 운전은 언제 할 거냐고
물어봤다. 그럴 때마다 나는 "싫어 싫어 운전 절대로 안
해, 평생 안 해"라는 대답으로 아빠를 실망시켰다. 그러던

어느 날 아빠가 익산으로 내려와 운전대를 잡으라고 말했다. 회식 자리에서 술을 좀 했는지 나른하게 젖어 있는 목소리였다.

"아빠는 딸을 믿어. 처음은 누구에게나 어려운 거야. 그럴 때일수록 스스로에게 더 큰 박수를 쳐줘야 하는겨. 너 걸음마 할 때 생각나냐?"

"그걸 어떻게 기억해."

"너 오사게 찧고 박았다. 그럴 때마다 느이 엄마랑 내가 옆에서 짝짝짝 박수를 쳐주면 얼른 다시 일어나서 실실 웃음서 허둥허둥 걸음마를 했어. 맨 처음 너 계단 내려갈 때 생각하면 눈물이 난다. 무섭다고 기어코 안기려는 너를 딱 내려놓고 '잘한다 이슬이 잘한다' 하고 박수를 짝짝 짝 쳐주니까 네가 그 고사리 같은 손으로 박수를 짝짝짝 치면서 '이슬이 잘한다' 하더니 한 발 두 발 내려가는 거여. 걱정 말고 이번 주말에 내려와. 아빠가 옆에서 박수 쳐줄랑게. 너도 너한테 박수를 쳐주고. 걸음마 하듯이 배우면 돼. 내가 기른 너는 욕심이 많구 악바리 근성이 있어서 어려운 것도 척척 해내는 애여. 그런 애가 전 세계 사람들, 남녀노소 다 하는 운전을 못 하면 쓰냐? 아빠가 있는디 뭔 걱정이냐? 주말에 내려올 거지?"

나는 머리가 굵을 대로 굵어진 터라 그깟 박수에 속지 않을 게 분명했지만 술에 취한 아빠 말에 듬뿍 취한 김에 순순히 그러겠다고 대답했다.

주말에 운전대를 잡을 생각을 하니 도로를 좀 더 유심히 바라보게 되었다. 초보 운전 딱지를 붙인 차를 절대로 양보해주지 않는 차량들이 유난히 눈에 띄었다. 거의 자동으로 디스와 매트릭스가 떠올랐다. 자신에게도 서툰 시절이 있었다는 걸 까먹은 사람들이 이 세상을 야금야금 망가뜨리는 것 같았다. 모든 사람들이 자신의 처음을 잊지 않고 기억한다면 이 세상은 훨씬 더 살 만해질 것이다. 초보들에게 따뜻하고 다정한 세상에서 살고 싶었다. 그 세상에서 자란 초보들은 그 일에 능숙해졌을 때 자신이 받았던 배려를 다른 초보들에게 베풀 것이다. 초보자들에겐 냉담이나 무시 말고 아빠의 말처럼 큰 박수가 필요했다.

문득 H가 떠올랐다. 선배들의 괴롭힘을 체중이 10킬로그램 넘게 빠지도록 버티던 신입사원 H는 3년 차가 되던 해 어느 날 회사에서 기절했다. 이렇게 살 순 없다는 생각에 사직서를 낸 H는 훗날 이렇게 말했다.

"이 바닥에서 착한 사람은 살아남을 수 없는 것 같아.

내가 그만둘 때 후배들이 왜 좋은 선배들은 다 그만두는 거냐고 묻더라고. 내가 봐도 그래. 남아 있는 내 동기들 성격이 하나같이 세거든. 근데 걔들을 가만 보니까 선배들한테 받은 스트레스를 후배들한테 똑같이 풀더라. 그래서 이 바닥에서 버틸 수 있는 거 아닐까 생각해. 근데 나는 후배들한테 못 그러겠더라고. 배출되지 못하는 스트레스가 속에서 끓으니까 몸이 축나는 거지. 이제 와 생각해보면 나처럼 후배들한테 화 못 내는 착한 선배들이 다 나갔기 때문에 남아 있던 내 선배들 성격이 하나같이 더러웠던 건가 싶네."

나는 좋은 사람들이 모조리 밀려나 마치 악의 소굴처럼 희망 없이 어두운 H의 회사를 상상했고 그게 우리 사회의 축소판처럼 느껴져서 눈앞이 아득했다.

내가 보기에 세상은 좋은 선배 결핍 상태이다. 좋은 선배가 너무 모자란 나머지 큰돈 들여 운전을 배우는 곳에서 마저 높은 확률로 매트릭스나 디스처럼 자신감과 희망을 뚝뚝 떨어뜨리는 선배를 만나게 되는 것이다. 미래의 운전 후배들이 나를 원망하는 소리가 들렸다.

"왜 좋은 선배들은 초보 딱지를 떼지 못하는 거예요? 왜 모범운전자가 되어주질 않는 거예요?"

나는 어떤 의무감으로 익산 가는 기차표를 예매했다. 아빠의 박수를 먹고 무럭무럭 자라 초보 딱지를 떼고 도로 위에서 만나는 초보자들에게 아낌없는 박수와 응원, 배려를 쏟아내는 멋진 선배 운전자로 자라야 했기 때문이다.

작가의 말

Dear. 초보인간

사람은 죽기 전까지 몇 번이나 초보가 될까요?

사실 초보라는 건 뭔가를 새로 시작할 때만 목에 걸 수 있는 타이틀이잖아요. 그러니까 초보가 되면 막 설레고 행복하고 '와, 내가 뭔가를 새로 시작하는 용기 있고 도전적인 사람이라니!' 스스로에게 마구마구 칭찬을 날려주며 뻐렁치는 기쁨만을 맛보는 게 맞을 텐데 막상 초보가 되면 기분 참 묘하지 않나요? 설레면서도 꼭 그만큼 무섭고 아득하고 아 나는 이제 첫 됐구나 싶은 기분, 참 첫 같잖아요. 처음이라는 건 도무지 만만한 상대가 아니어서 그런 것 같아요.

저는 어떤 처음 앞에서 겁날 때마다 '나는 히어로다' 주문을 외요. 제가 히어로가 아닐 이유가 없거든요. 히어로란 본디 절망을 이겨내고 미래를 구하는 자를 일컫는 말이잖아요. 저는 제 앞에 닥친 막막함을 뛰어넘고 인류까지는 못 구해도 적어도 제 미래는 구할 거거든요. 그 과정에서 조금쯤 상처받고 다치고 번뇌하겠지만 고난이 있기에 히어로가 비로소 히어로일 수 있는 것 아니겠어요?

아! 히어로를 논하는데 빌런을 빼놓을 수는 없죠. 초보세계의 빌런은 자신의 올챙이 시절을 까먹은 개구리들이에요. 마치 날 때부터 뒷다리가 달렸던 양 펄쩍펄쩍 활개를 치며 "그렇게 쉬운 걸 왜 못하냐" "나 때는 말이야" 등 말 같지도 않은 말들로 안 그래도 주눅 들어 있는 초보들의 가슴에 비수를 꽂습니다.

그런데 그들은 몰라요. 자신도 언젠간 도로 뒷다리 없는 올챙이가 될 거란 사실을요. 사람은 누구나 다시 초보가 된다는 중요한 사실을요. 사람은 언제나 능숙한 역할만 할 수는 없어요. 앞으로 겪어야 할 처음들이 어쩌면 지금까지 겪어낸 처음보다 훨씬 많을지도 모르죠. 하여튼 저는 빌런 개구리를 만날 때마다 두 손을 모아 기도합니다. 저들이 언젠가 뒷다리를 잃어버리고 다시 초보가 되었을 때 부메랑처럼 날아오는 자신의 잃어버린 뒷다리에 꼭 뒤통수를 세게 얻어맞길.

우리는 올챙이 적을 기억하는 개구리가 됩시다. 개구리가 되거든 뒷다리 간수를 잘합시다. 거저 얻은 뒷다리가 아니라는 걸, 이걸 얻기까지 겪었던 수많은 첫 같은 순간을 꼭 기억합시다.

저는 세상이 초보들에게 다정해졌으면 좋겠어요. 선배가 후배에게, 부모가 자식에게, 선생이 제자에게 구박보다 칭찬을, 다그침보다 배려를, 미움보다 용기를 주는 세상. 답답해하거나 화내는 대신 그럴 수 있다는 이야기를 해주는 세상에서 살고 싶어요. 초보는 못하고 싶어서 못하는 게 아니라 잘하고 싶어도 아직 그럴 능력과 경력이 부족한 존재들이라는 걸 마음으로 이해해주는 세상 말이에요. 아무도 자신이 처음부터 선배가, 부모가, 선생이 아니었다는 당연한 사실을 까먹지 않는 세상은 정말 멋지지 않을까요?

착한 개구리들만 있는 세상에서 자란 초보들은 자신이 겪고 배운 배려와 사랑을 다음 초보에게 베풀어주고, 다음 초보가 그다음 초보를 사랑하고 그다음 초보는 그다음 다음 초보를 사랑하는, 그런 아름다운 '내리초보사랑'의 세상을 만들고 싶습니다.

그러니까 초보자여, 우리가 지금 처음이라는 막막한 벽과 빌런 개구리들 사이에 끼어 진퇴양난의 고통을 겪고 있더라도 부디, 부디 흑화되지 말아요. 우리가 히어로라는 사실을 기억하고 지금 우리의 구원을 기다리고 있는 미래의 우리를 생각해요. 지금 겪는 어려움은 미래에 '경험'이라 불리며 노하우가 되어 줄 것입니다. 그리고 미래의 우리에게 구원받을 미래의 초보들을 생각해요. 그리하여 우리가 결국은 더 좋게 만들어 낼 인류의 미래를 생각해요! 모든 것은 우리 초보인간들의 손에 달려 있습니다.

아, 그러면 빌런 개구리는 어떻게 처단하느냐고요? 제가 앞에서 말하지 않았나요? 걱정 마세요. 그들은 알아서 다시 첫 될 거니까요!